웃으면서 기다리자

웃으면서 기다리자

초판 1쇄 발행 | 2022년 5월 9일

지은이 | 최은숙
펴낸이 | 황규관

펴낸곳 | (주)삶창
출판등록 | 2010년 11월 30일 제2010-000168호
주소 | 04149 서울시 마포구 대흥로 84-6, 302호
전화 | 02-848-3097
팩스 | 02-848-3094

ISBN 978-89-6655-151-4 03810

이 도서는 2012년 아르코문학창작기금 지원사업에 선정되어
발간된 작품입니다.

웃
으
면
서

기
다
리
자

최
은
숙
산
문
집

삶창

계룡산 아랫마을에 사는 친구네 집에 발걸음합니다. 겨울이라 해도 지구가 더워진 탓에 해만 뜨면 녹아버릴 눈을 새벽 댓바람부터 동네 입구까지 씩씩거리며 쓸어대는 친구입니다. 그녀의 에너지가 끌어당긴 봄이 마당에 먼저 도착해 있습니다. 보랏빛, 분홍빛 수국 화분과 안개초가 물을 흠뻑 머금어 싱그럽습니다. 솜씨 좋은 친구가 묵은 김치를 볶고 달래된장국을 끓여 잡곡밥을 차려줍니다. 몸이 환해집니다. 집집마다 곧 창문을 열어젖히겠지요. 노란 산수유 꽃을 닮은 새소리가 쏟아져 들어오겠지요. 그렇게 우리도 지금은 봄이었으면 합니다. 사철 가슴이 시려서 옷을 여미어야 하는 삶이라 해도 달래된장국 앞에 수저 하나 더 놓는 마음으로 곁에 있는 이에게 봄을 건넸으면 좋겠습니다.

가끔 썼던 글을 묶어놓고 보니 긴 시간이 들어 있네요. 퇴근이 늦고 주말에도 자주 학교에 나갔습니다. 대단한 일을 하는 것도 아니면서 그랬습니다. '삶창'의 황규관 시인과 했던 오래전 약속을 이제야 지키는 것에 대한 변명입니다. '좋은' 책을 내보자던 약속은 끝내 못 지켰지만 스승 같은 친구들과 학생들 이야기, 호박잎에 모이는 빗소리처럼 소탈하고 낮은 이야기를 모아보았습니다. 인정 있는 사람들, 마음이 가난하지 않은 사람들, 생명의 터전을 생각하는 사람들이 한결같은 모습으로 살아가는 모습을 옮겨 적었습니다. 이 고마운 인연에 기대어 살아가면서도 사람됨이 툭 터지지 않고 좀스러울 때가 많아서 저의 그런 모습도 담기는 것을 어쩔 수 없었습니다.

이 글을 쓰는 동안 20대 대통령선거가 끝났습니다. 혁명은 결코 쉽게 이루어지지 않고 빨리 이루어지지도 않는다는 밥 말리의 말이 떠올랐습니다. 혁명이란 국가권력이나 제도, 관습과 연결된 말이지만 개인의 하루하루에도 깨뜨림이 필요하고 전환이 절실할 때가 있습니다. 어려운 일입니다. 평화를 꿈꾸었던 자메이카의 밥 말리는 "그러니 웃으면서 기다리자"고 했지요. 하나의 문이 닫히면 하나의 문이 열린다고. 문은 자주 닫히는데, 닫힌 문 옆에 열리고 있는 새로운 문을 보는 눈은 얼른 떠지지가 않습니다. 그러나 언제나 우리 힘으로 열 수 있는 문 앞에 서 있다는 사실을 기억하려고 합니다. 그러니까 우리의 몸과 마음을 환하게 밝히는 일을 하루에 꼭 하나는 하자, 그런 마음을 먹어봅니다. 오늘은 무얼 할까요? 일단 빨래를 걷어 차곡차곡 개고 작두콩차를 끓여 냉장고에 시원하게 넣어두어야겠습니다. 주말에는 농사짓는 친구네 가서 밭일을 돕고 냉이도 한 소쿠리 캐 올까 합니다. 괜찮은 생각인 것 같습니다.

차
례

커플룩

엄마는 가지고 온 보따리를 얼른 풀지 않는다. 눈치를 보는 것이다. 나도 끝까지 모른 척한다. 엄마가 보따리를 펼치는 순간, 혈압이 치솟을 것이다.

"세상에 그런 선물이 어디 또 있겠느냐고 하시더라."

"그거 연잎이 부풀어 오를 만큼 푹 쪄야 맛있는데."

"그렇게 해서 드시라고 했지."

"또 선물하실 데 있으면 말씀하세요."

이렇게 사소한 이야기를 하면서 밥상 차리고 설거지하고, 그런 시간을 오래 끌고 싶은 것이다. 사실은 좀 더 아무것도 아닌 말을 주고 받고 싶다. 연세 여든에도 꼿꼿하고 지적인 엄마가 여전히 책을 손에서 놓지 않으시는 것도 나쁘지 않고 엄마의 스승님께 연밥이랑 떡이랑 선물해드리는 것도 즐겁다. 그러나 그보다도 이를테면,

"엄마, 시래기를 물에 불려놓긴 했는데 이거 어떻게 해야 맛있지?"

"호박고지 좀 볶아줘."

이런 말들을 하고 싶다. 시래기와 호박고지 나물을 할 줄 몰라서가 아니라, 그런 말을 그냥 하고 싶어서.

엄마는 가르침을 쏟아내기 시작한다. 들기름 가져와라 들기름은 유리병에 담아놓고 써야지 이렇게 플라스틱병에 담아놓으면 못 쓴다, 마늘 어딨니 마늘도 미리 다 다져놓지 말고 그때그때 찧어 써야 맛있다, 고춧가루 너무 빨간 거는 죄다 물감 들인 중국산이라더라, 아이구 이 싱크대는 왜 이리 좁고 불편하냐 넓은 그릇이 하나도 없니? 너는 너무 다 갖다 내버려서 너희 집에 오면 당최 불편해서 뭘 하기가 어려워…. 나는 엄마의 말에 일일이 대꾸하지 않고 엄마도 내가 대꾸를 하거나 말거나 상관하지 않는다. 내가 원하는 그림은 그게 아니다. 엄마가 맛있는 반찬을 만들어 밥상을 차려주면서 순한 목소리로 "보들보들해야 하는데 시래기가 좀 질긴가?" 하면, "아냐, 엄마. 푹 퍼진 것보다 씹히는 맛이 있는 게 좋아", 그러면서 흐뭇한

밥을 한 그릇 더 먹는 것이다. 연세 여든의 엄마에게 질기게도 품는, 이 무슨 소망이란 말인가.

"엄마는 불편한 걸 못 참아서 앉을자리도 없이 집 안을 물건으로 꽉 채우는 거야."

참았으면 좋았을걸, 총알이 차곡차곡 장전되어 있는 총처럼 내 입에서 말릴 틈도 없이 공격하는 말들이 튀어 나간다.

"이래서 내가 너 만나기가 겁이 나. 암것두 없이 썰렁하게 사는 게 그렇게 좋니? 니가 물어보지도 않고 죄다 갖다 내버려서 내가 얼마나 불편하게 사는지 알기나 해? 우울증에 걸릴 정도여!"

이제 우리 모녀의 짧은 평화는 끝났다. 호박고지볶음과 시래기나물을 가운데 두고 무뚝뚝한 저녁을 먹는다. 엄마가 가지고 온 보따리를 풀자 여든 살 엄마 취향으로 고른 내 옷들이 하나하나 모습을 드러낸다. 가짜 털이 달린 재킷과 리본 블라우스, 커다란 꽃이 붙어 있는 롱드레스.

"엄마는 정말 대단한 사람이야. 자식이 싫다는 일을 이렇게 끝까지 하고 싶어요? 세상에 어떤 집에서 여든 살 노인네가 자식 옷을 골라주냐구!"

"지랄 마. 니가 입고 다니는 것보단 백배 나으니께. 그게 뭐냐? 선생이라는 것이 맨날 그지 같은 거만 주워 입고 다니고."

엄마는 낮은 목소리로 야무지게 오금을 박는다. 동생들이 있었으면 분명히 내게 눈을 흘겼을 것이다. 언니만 가만히 있으면 되는데 언니 때문에 불안해서 친정에 모이기가 괴롭다고 투덜거렸을 것이다.

지난 추석, 딸들이 각자 저희 시댁에서 차례를 지내고 친정에 모였다. 그런데 넷째 제부의 머리가 느닷없는 금발이었다. 게다가 파마까지. 엄마가 힐끗 사위를 올려다보았다. 문제 학생을 마주한 학생부장 선생의 눈빛이었다.

"염색했나?"

온순한 제부는 머뭇거렸다.

"예…. 인이 엄마가 하라고 해서."

엄마는 곧장 딸내미에게 눈을 치켜떴다.

"미친년."

"아니 엄마, 그게 아니고 인이가 미용학교 다니잖아요. 실습 대상이 필요하다고 해서 지 아빠 머리를 대주라고 했지."

엄마 집을 나와 시동을 켰다. 제 남편과 자식들이 있는 자리에서 친정 엄마가 그게 딸에게 할 소리인가? 엄마는 왜 엄마가 아니고 늘 학생부장 같아야 하나. 내 자신도 지긋지긋했다. 그만할 때도 됐다. 한평생 엄마를 향해 되지 않는 요구를 하는 나의 집요함이 싫었다. 자식을 함부로 대하는 엄마에 대한 원망, 자식이 원하는 사랑을 주지 않는 엄마에 대한 갈증. 그래서 어쩌란 말인가. 엄마라는 존재는 부드럽고 따뜻해야 한다고 헌법에 명시된 것도 아니고, 엄마한테 뭘 어쩌라고. 한숨을 쉬면서 중간에 차를 돌렸다. 나 혼자 열을 내고 나 갔던 사실을 모르는 식구들과 같이 밥상 앞에 끼어 앉았다. 엄마가 이번에는 손녀딸들을 야단치기 시작했다. 왜 머리카락으로 눈을 다 덮고 다니느냐, 밥숟갈 놓기 바쁘게 왜 벌써 군것질을 시작하느냐, 아이들은 슬슬 할머니의 눈치를 보았다. 모두 옳으신 가르침, 그러 나 가르침과 명령만 있는 엄마의 언어 구조. 나는 밥숟갈을 입안으 로 꾹꾹 밀어 넣었다. 물김치를 더 꺼내려고 엄마가 냉장고 문을 열 었다. 그 순간 썩는 냄새가 코를 찌르면서 미어터질 듯이 꽉 들어찬 냉장고의 음식들이 눈에 들어왔다.

"그게 다 뭐야? 좀 버리라고 했잖아요! 왜 그렇게 욕심이 많아? 뭘 이렇게 쟁여 넣어? 전쟁 난대?"

자제할 틈도 없이 엄마를 힐난하는 말들이 쏟아져 나왔다. 그다 음은 설명할 것도 없다. 엄마가 화가 나서 소리를 지르기 시작하고 나는 다시 차를 몰고 있었다.

내가 엄마보다 마음이 약하다고 하면 동생들은 큭큭 웃는다. 자 기네가 볼 땐 엄마와 언니가 한 치도 다르지 않다는 것이다. 엄마가 돈 벌러 나가시면 언니가 빗자루를 들고 자기네들을 때리면서 텔레 비전 꺼라, 공부해라, 너는 청소하고 넌 빨래 개고 넌 장독 항아리 닫아라, 하면서 일사불란하게 질서를 잡는데 표정도 목소리도 엄마랑 똑같았단다. 엄마를 닮았다니, 그것처럼 나를 좌절시키는 말이 없다.

"그래도 언니 때문에 좋은 순간들이 많았어. 도시락 싸가지고 나무하러 간 거랑, 달밤에 개울 따라 내려가면서 노래 부르던 거랑."

시무룩하다가 동생들의 그 말 한마디에 위로받은 듯 가슴이 꽉 찬다. 엄마도 이런 마음일까?

상수리가 구르기 시작하고 솔잎이 노랗게 쌓이면 우린 갈퀴와 망을 들고 나무를 하러 갔다. 바로 뒷산에 가는데도 먹던 반찬을 담아 도시락을 쌌다. 산에서 도시락을 풀어놓으면 동생들이 무척 좋아했다. 솔잎을 긁어 망에 담아놓고 동생들을 나란히 앉힌 뒤에 학교에서 배운 〈로렐라이 언덕〉을 가르쳐주었다. 동생들은 허름한 스웨터에 솔잎을 붙이고 앉아 언니의 나뭇가지 지휘에 맞춰 노래를 불렀다. 어린 소녀들이 이루는 중창의 하모니는 우리가 들어도 아름다웠다.

엄마는 얼마나 억울할까? 가난을 혼자 지고 수많은 언덕을 넘어왔건만 공을 치하해주지 않는, 좋은 것을 기억해주지 않는 자식들.

옷 보따리를 획 내던지고 가시면서 엄마가 한 말이 맘에 걸린다.

"놔둬. 살아서 올겨울 나면 내년에 내가 갖다 입을 테니."

내년 봄에는 마당에 산수유나무를 심어볼까? 그런 생각을 자연스럽게 할 수 있는 시간은 영원하지 않다. 내년 봄에도 삶이 계속되리라는 보장을 할 수 없는 때를 누구나 맞이하게 된다. 자존심 강한 엄마는 두렵지도 외롭지도 않겠지만, 사실은 두렵기도 외롭기도 할 것이다. 다신 안 만날 것처럼 헤어지고 나서 얼마 못 가 쌀쌀맞은 딸네집에 또 걸음하시는 걸 보면.

전화를 걸자 엄마가 받았다.

"받네? 스마트폰에 적응 못 해서 못 받으실 줄 알았더니."

"또 시작여. 그렇게 니 에미를 무시해야 속이 시원하냐?"

"그런 건 뭣 하러 사가지구."

"너도 늙어봐. 세상은 자꾸 변하는데 아무것도 모르고 뒷방 늙은이로 살고 싶지 않은 겨."

"세상 변하는 거, 그거 다 쓸데없이 미쳐가는 거예요."

"아, 시끄러! 나 지금 공부 중이야."

"건 그렇고 치마가 작어. 늘려 입어?"

"작어? 운동 좀 하지 않구 젊은 애가 게을러터지게 살을 찌우고 사냐? 기다려, 내 것이 좀 크니께 바꿔줄게."

그러니까 엄만 커플룩을 사셨던가 보다. 허리와 엉덩이가 조이는 긴 치마를 입고 거울 앞에 서자 쓸쓸한 엄마가 보인다. 젊은 날의 엄마는 아름다웠다. 지적이고 품위 있는 여인이었다. 그러나 자식들은 그녀의 아름다움을 필요로 하지 않았다. 솔개가 뜬 마당에서, 아이구 내 새끼들, 하고 병아리를 품는 어미 닭을 요구했다. 나는 맛있는 것을 잔뜩 해서 푸짐하게 먹여주고 젖가슴을 내어주는 외할머니에게서 구원을 찾았다. 외할머니가 돌아가셨을 때 나의 상실감은 이만저만이 아니었다. 인생의 시나리오는 얼마나 묘한 것인가? 외할머니가 가진 구원의 조건이 엄마에겐 고통의 원인이었다. 맨날 사람들불러 밥해 먹이고 장구 두드리면서 노느라고 자식을 공부시키지 않았다고, 그렇게 학교 보내달라고 매달리는 자기를 때리는 한심한 어머니였다고 외할머니가 돌아가실 때까지 원망했다. 상대가 갖지 않은 것을 요구하는 모녀들, 상대가 원치 않는 사랑을 품고 사는 외로운 여인들.

엄마는 그래도 커플룩을 사셨다. 싫어할 것을 뻔히 알면서도 외로운 마음을 내밀었다. 엄마가 나보다 진보한 영혼이라고 처음으로생각해보았다.

꽃을 켜도 될까요

애니메이션을 공부한 딸애가 졸업 작품 상영회를 한다고 해서 언니와 같이 보러 갔다. 아이는 일 년 내내 '졸작(졸업 작품)' 때문에 마음이 바빠 휴일에도 집에 거의 내려오지 못했다. 대작도 아니고 졸작을 그린다면서 뭘 그리 애를 쓰냐고 놀리기나 하는 나를 대신해 아이와 가까이 사는 언니가 일요일 점심마다 지극정성 밥을 차려주었다. 우리 아이는 큰이모 덕분에 일주일에 한 번은 이종사촌들과 둘러앉아 따뜻한 집밥을 먹을 수 있었다.

졸업 작품들은 5분 분량이었다. 그 5분을 위해 아이들은 수백 장의 그림을 그리고 지우고 했을 것이다.

'꽃을 켜도 될까요'.

제목은 엄마가 붓으로 써주었으면 좋겠다고 해서 백번은 족히 써
보았을 문장이 화면에 떴다. 자기가 만든 영화가 시작되자 옆에 앉
은 딸애가 내 가슴에 얼굴을 묻더니 손을 꼭 잡았다. 쑥스럽기도 할
테고 엄마가 뭐라 이야기할지 긴장도 되겠지. 그렇게만 생각했다.
그런데 1분, 2분 시간이 가면서 내 눈에서 눈물이 흘러내리기 시작
했다. 선인장을 좋아하는 할머니와 선인장을 싫어하는 손녀가 등장
하는 순간, 그들이 돌아가신 우리 엄마와 나라는 걸 눈치챘다. 걸핏
하면 화를 내고 야단을 치는 할머니와 지지 않고 따박따박 말대꾸를
하는 손녀. 내가 아니고 손녀가 대역을 하고 있다는 게 무의식중에
도 안심이 되었다. 실제로 아이는 엄마와 사이가 좋지 않은 나를 대
신해 할머니의 마음을 풀어드리곤 했다. 손녀가 옆에 있으면 엄마도
웃는 얼굴을 했다. 엄마와 대판 싸우고 집을 나온 날, 엄마 혼자 외롭
게 집에 계시다는 사실이 괴로운데, 엄마 얼굴을 볼 일이 막막했다.
집 앞까지 갔다가 돌아서고 다시 갔다가 돌아섰다. 그때 딸애에게서
전화가 왔다.

"엄마, 어디야? 나 집에 왔어."

딸애의 경쾌한 목소리를 듣자 숨이 트이는 것 같았다.

"할머니 기분 다 풀어지셨어. 엄마 걱정하지 마."

할머니께 자초지종을 들은 딸애가 물었다.

"할머니, 제 방 쓰실래요?"

엄마는 손녀의 제안을 반가이 받아들였다. 손녀딸 방의 낮은 침대가 낙상의 두려움이 있는 엄마의 마음에 들었던 것이다. 우리 집에 처음 오셨을 때 내어드린 방은 엄마의 자존심을 다치게 했다. 저는 큰 방을 쓰고 제 엄마가 거지인 줄 아는지 구석방을 내주었다고 노여워하셨다. 새로 지은 아파트는 세 개의 방이 나란히 남쪽을 향해 늘어서 있어 다 같이 밝고 깨끗했다. 아파트에 아랫방 윗방 구석방이 어디 있나, 싶었지만 내가 쓰던 방과 바꿔드렸다. 엄마는 큰 방을 욕심냈다기보다 딸에게 귀한 대접을 받고 싶으셨다는 것을, 엄마는 온몸이 자존심이었다는 것을, 인생의 처음부터 끝까지 자존심 앞에 아무것도 두지 않았다는 것을, 오로지 그 힘으로 살았다는 것을 뒤늦게야 깨닫는다. 내 방으로 옮겨 오신 뒤엔 침대가 높다, 누가 돌침대를 그냥 준다고 했다, 돌침대를 구석방에 들여놓으면 어떻겠느냐, 하셨다. 못 들은 척했다. 빈 박스라도 가져다 방을 채워야 안심을 하는 강박증 때문에 엄마가 사시던 집은 다리 펴고 앉을 공간이 없었다. 아픈 엄마를 우리 집으로 모셔오면서 엄마의 살림이 우리 집에 들어오는 것을 막았다. 엄마는 불편한 몸을 이끌고 간병인을 대동해서라도 묵은 살림을 실어 오는 일에 필사적이었고 그릇, 책꽂이, 옷, 이불, 요, 베개, 모든 살림을 신문지로 덮는 엄마 때문에 나는 우울해서 병이 날 것 같았다. 딸애는 자기 방을 깨끗이 치우고 할머니가 그렇게도 좋아하는 신문을 서랍장 속에 차곡차곡 쌓아드렸다. 할머니가 몰래 실어 오신 그릇들도 제 방으로 옮겼다. 할머니의 눈에 보이게, 엄마의 눈에는 안 보이게. 엄마는 그런 손녀를 예뻐하면서도 어려워하셨다. 넌 어쩌면 그렇게 니 맘에 쏙 드는 딸을 낳았느냐고, 빈정거림인지 부러움인지 칭찬인지 모를 소리도 하셨다. 엄마는 돌아가실 때까지 불평 없이 그 방을 쓰셨다.

영화 속에서 티걱태걱하는 할머니와 손녀 사이에는 겉으로 드러내지 않는 걱정과 보살핌이 있었다. 할머니는 집 안에 가득한 선인장 그림자가 무서워서 혼자 화장실에 못 간다고 징징거리는 손녀를 야단친다. 선인장이 왜 무섭냐고. 꽃 핀 나무는 안 무서운데 선인장은 혼자 화를 내고 있어서 무섭다고 손녀는 대답한다. 어느 날 밤에 화장실에 가려고 나온 아이는 선인장마다 꽃이 피어 있는 것을 본다. 아이의 걸음마다 선인장이 환한 꽃등을 밝혀준다. 할머니는 마당에 핀 꽃을 따다 선인장에 꽂아놓고 잠이 들었다. 선인장도 꽃나무여, 혼잣말을 하면서. 손녀는 무서운 할머니가 깨서 화를 낼까 봐 조심하면서 할머니의 얼굴 위에 꽃을 한 송이 올려놓는다.

나는 삭막한 선인장처럼 가시를 잔뜩 세우고 살다 간 엄마를 생각하면서 울었고 할머니에게 꽃을 달아준 딸애가 고마워서 울었다. 나를 위로해주는 딸에게 미안해서 울었다.

"꽃을 켜도 될까요?"

그게 그런 뜻이었구나. 아이는 내 손을 더 꼭 잡고 눈물을 닦아주었다. 엄마는 온몸에 가려움증이 생겨 황달 치료를 받다가 퇴원을 하루 앞두고 갑자기 돌아가셨다. 속옷이 피투성이가 되도록 긁어대면서도 한사코 병원에 가지 않으려 하셔서 피부 연고, 달맞이유, 쑥뜸, 온갖 방법을 다 써보았지만 차도가 없었다. 겨우 설득해서 병원에 모셨는데 집에 돌아오시지 못했다. 그럴까 봐 병원에 가지 않으려 하신 건데, 기어코 엄마를 끌어내 묻고 나만 집에 돌아왔다는 괴로움 때문에 집에 있을 수가 없었다. 퇴근하고 집이 가까워지면 숨이 막혔다. 지극한 사랑도, 이해도 받지 못하고 떠난 한 사람의 생. 그 외로움과 자포자기가 가슴을 짓눌러서 그날 이후 하루도 맑지 않았다. 기쁨, 설렘, 호젓함, 평화, 고요, 그것들이 내가 그토록 괴로워하고 그토록 염려했던 엄마와 함께 떠나갔다. 선인장도 꽃이 있다는 것을 알지 못하고, 화는 내는 사람의 외로움이란 것을 지금도 알지 못하는 내게 ,엄마 말씀대로 무슨 복이 있어 꽃을 켜야 하지 않겠느냐 묻는 딸이 곁에 있는 걸까?

언니도 울었다고 했다. 우리는 손을 꼭 잡고 언니네 집으로 돌아와 언니가 차려주는 따뜻한 저녁을 먹었다. 딸애의 영화에 자막으로 올라간 'Thanks to Yeonnam-dong family'의 그 연남동, 17평짜리 조그만 빌라에서.

혹

난소에 혹이 생겼다. 초음파로 보니 물 담은 풍선 같은 것이 자궁 안에서 일렁거리고 있었다. 가로 11.5*cm*, 세로 13.2*cm*라고 했다. 크기도 문제려니와 혹의 모양이 좋지 않다고 하루빨리 수술을 해야겠다고 한다. 혹에 여러 개의 방이 있다는 것이다. 난소를 손상하지 않고 혹만 제거할 수 있느냐고 물었더니 혹이 너무 커서 난소 자체를 혹으로 봐야 한단다. 병원을 나와서 오랜 인연인 한의원을 찾아 갔다. 그는 계룡산 봉우리가 보이는 마을에 가건물을 하나 얻어놓고 뭔가를 늘 연구하고 있다. 침을 맞으러 가면 시멘트 바닥에 『농민신문』을 깔고 그 위에 올라서라고 한다.

"아이구 아퍼라. 아이구, 이 피 좀 봐."

환자는 잠자코 서 있는데 대침을 꾹꾹 찌르면서 그가 더 호들갑이다. 한의원이라는 게 정갈하고 한약 달이는 내음도 향긋하고 그래야 병을 고칠 수 있을 것 같다는 신뢰가 시각적, 후각적으로 생기는 것인데 이건 한의원이 아니라 오래 묵은 홀아비 집 같다. 구석구석 어찌나 어수선한지 시간 내서 청소를 해주고 싶을 정도였다. 약솜도 비닐봉지에 담아놓고 손으로 꺼내 쓴다. 핀셋이라는 게 있다는 걸 모르시나.

스무 살 언저리부터 나는 위장병과 어깨결림, 두통, 이유 없는 불안감 같은 것에 시달렸는데 문예창작을 강의하시는 교수님이 그에게 가보라고 하면서 동의보감을 펴들고 처방전을 써주셨다. 걱정스러웠다. 처방전을 가지고 가면 한의사가 싫어하지 않을까? 그러나 그는 쪽지를 보더니 껄껄 웃었다.

"아주 싸구려 약재만 골라 쓰셨어요. 애제자인 모양이세요. 어디 보자 아이구, 아이구, 멀쩡하셔. 아무렇지도 않으셔. 나랑 같이 산에나 다닙시다."

칼칼한 성격의 환자 같으면 자리를 털고 일어났을 텐데 나는 그의 캐릭터에 호기심을 느꼈다. 이 사람 뭐지? 웃긴다….

"어디 손 좀 줘보셔. 이런, 인정 많기는. 여자가 이렇게 손바닥이 두툼하면 이거, 마당에 시애비가 열이에요."

갈수록 태산이었다. 남자 의사가 여자 환자의 손을 느낌 있게 꼬옥 쥐는 것과, 눈을 그윽이 들여다보면서 넘치게 따뜻한 목소리를 내는 것을 경계할 법도 하건만, 마당에 시아버지가 열씩이나 줄을 선다는 표현에 깜짝 놀라면서 관심이 생겼다. 쉽게 말하면 이 남자, 저 남자한테 마음 주고 눈물 주다가 이놈에게 차이고 저놈에게 차이면서도 정신 못 차리는 쓸개 빠진 년이란 거 아닌가. 우리나라 말은 참 여유가 있고 씹을 맛이 있구나. 그와 나는 처음부터 그렇게 아귀가 맞는 사람들이었다. 난소에 혹이 생겼는데 너무 커서 자연적으로 줄어들 가능성은 거의 없고 방이 보이는 걸로 보아 암세포인 것을 의심하지 않을 수 없다더라고 의사의 말을 전하자 그는 픽 웃었다.

"암 아니셔."

그러면서 덧붙였다.

"암이면 또 어때?"

늘 그랬다. 병 아니셔, 병이면 또 어때? 고치면 되지. 산에나 다니십시다.

"아이고, 아이고, 산에 갈 시간도 없이 사니 돌팔이나 쫓아다닐밖에. 할 수 없이 침 좀 맞고 한약이나 먹어야지 뭐. 병이라고 생각하는 맘이 병이래두 그러셔."

"의사 선생님이 병에 대한 의식을 확실하게 가지고 의술로 고칠 생각을 하지 않고 무슨 말씀이세요? 병원에서 위염이랬어요. 내시경검사 하느라고 죽는 줄 알았어요."

뭣 하러 고생스럽게 그런 걸 하고 다니느냐고 그는 껄껄 웃었다. 그가 고쳤는지 내가 그의 말에 넘어가 병이란 것을 심각하게 여기지 않게 된 덕인지, 위장병도 어깨결림도 구안와사도 그럭저럭 지나가곤 했다. 그러나 이건 좀 다른 거 아닌가? 암일지도 모른다는데.

"잘라낸다고 끝나는 게 아니에요. 잘라내면 뭐 해. 병이란 뿌리가 있는 한, 다른 데 또 나타나게 되어 있는 거예요. 암 아니니까 걱정 말고 치료합시다."

『농민신문』 위에 서서 침을 맞다가 신경질이 팍 났다.

"환자용 침대 좀 하나 사세요! 발 시려죽겠네."

그는 껄껄 웃으면서 미안해요 미안해, 했지만 침대를 사기는커녕 다 찢어진 비닐 소파도 바꾸지 않았다. 수술 예약을 취소했다. 그가 준 야채수프와 한약을 마시고 배 위에 쑥뜸을 하면서 힘든 시간이 흘러갔다. 나는 병에 붙들렸다. 그의 말대로 잊어버리고 살아야 하는데 그래지지 않았다. 수업을 할 기운이 없었다. 책 한 권 들기도 무거웠다. 수업을 마치고 나면 휴게실로 찾아들어 늘어졌다. 현기증이 나서 앞이 노래지고 헛구역질이 났다. 하혈을 하는가 하면 갑자기 팔등에 시퍼런 멍이 번지기도 했다. 그러거나 말거나 그는 전혀 개의치 않았다. 대신 민간요법이나 한방이라는 걸 믿지 않는 반대파들이 사람 잡겠다고 펄쩍펄쩍 뛰면서 나를 괴롭히기 시작했다.

"얼른 수술해. 우리 집사람도 자궁 수술했어. 아무렇지도 않아."

"나도 자궁 수술했잖아. 좀 걱정했는데 전혀 문제가 없더라구."

내 손을 꼭 잡고 기도를 올려주신 선생님도 있었다. 평소 우린 좋은 사이가 아니었으므로 그녀는 회개를 먼저 했고 이렇게 나를 위해 기도할 마음을 주신 것에 감사했다.

결국 수술 날짜를 다시 잡았다. 주치의의 말씀대로 암이 아니라 단순한 물혹이었지만, 호르몬제를 먹지 않고는 온몸이 무너질 듯 아파서 견딜 수가 없었고 정기적으로 유방암과 갑상선암 검진을 받아야 했다. 자궁의 혹을 제거하긴 했는데 대신 인생이 혹이 되어버렸다고 그에게 투덜거렸다. 미안해서였다. 그를 믿지 못해서라기보다 기운이 없어서 긴 날들을 버텨내며 일할 수가 없었다. 수술을 하지 않으면 병원에 입원할 수 없었고 입원하지 않으면 유급 병가를 낼 수 없었다.

여전히 너저분한 가건물 연구소의 찢어진 비닐 소파에 마주 앉아 따끈한 현미차를 따라주면서 그는 늘 하던 말을 했다.

"혹 아니셔. 혹이라고 생각하니 혹이지. 괜찮아요. 걱정 말고 날 좋은데 산에나 갑시다."

눈물이 날 뻔했다. 그러고 보면 나는 그를 돌팔이라 생각하면서도 『농민신문』 위에 올라서곤 했다. 한 시인이 말기암 판정을 받았을 때 그는 생기는 것도 없이 죽어라고 시인을 찾아갔더랬다. 한약을 달이고 '기적의 생명비누'라고, 정말이지 전략적이지 못하게 사이비 냄새나는 이름을 붙인 네모난 약을 만들어 수시로 긁어 먹으라고 권했다. 그는 산에 토굴을 파고 그 속에 기운 없는 시인을 밀어 넣었다. 흙 기운이 죽을 사람도 살려내길 바랐다. 어느 이른 아침 그가 어슴푸레한 거실에 앉아 대성통곡을 하더라는 이야기를 전해들었다. 그에 대한 나의 신뢰는 그때부터였다. 실은 그가 터무니없이 생명을 장담하지 못하며 죽음 앞에 무력하다는 사실, 그러면서도 환자에게는 살 수 있다고 의사답지 않게 거짓말을 한다는 것에서부터였다. 한의사라는 사람이 병든 사람들 뒤에서 몰래 울기나 하고, 그러면서 인생이 혹이 아니라고 우겨대기는.

시인이 먹지 못하고 떠난 기적의 생명비누를 내가 다 갉아 먹었다. 그의 약은 만병통치이기 때문에 누가 아무 때 먹어도 상관이 없다.

오랜만에 봐서 그런가, 그가 좋아 보인다. 젊어진 것 같기도 하고.

"선생님, 남들 모르는 약 달여 드셨어요?"

그는 껄껄 웃었다.

"돌팔이가 그런 약을 어떻게 만들어요. 가발 써서 그래. 머리가 까매졌지?"

아이고, 너무 새까매! 얼핏 볼 때는 모르겠더니 자세히 보니 표가 난다. 좀 비싼 거 좀 사서 쓰시지 않고.

37105

아버지의 장례를 치르고 나서 며칠 뒤 현충원에 다시 갔을 때 나
는 당황했다. 사병 묘역엔 똑같이 생긴 비석들이 끝없이 늘어서 있
었다. '소설로 쓰면 열 권으로도 모자랄' 각기 다른 생애가 인정사정
없이 똑같은 모습으로 깎여 나와 부동자세로 서 있었다. 현충원에
아버지만 묻혀 있는 건 아니라는 걸 모르지 않았지만 금방 찾을 줄
알았다. 저물녘, 신작로 주막으로 뛰어가 문을 드르륵 열고 "아버지!
진지 잡수시래요" 하고 외치면 사람들 속에서 웃음 띤 얼굴을 이쪽
으로 돌리는 아버지와 눈이 마주치던 어린 날, 그때처럼, 아무렇지

도 않게 아버지의 무덤을 찾을 거라고 생각했다. 그런데 가서 보니 아버지를 얼른 찾을 수 있는 유일한 표식은 묘비석의 번호뿐이었다. 사무실에서 아버지의 이름을 대고 번호를 받아 든 뒤에야 일반 사병 묘역 제3구역에 있는 아버지의 자리를 찾아낼 수 있었다. 무허가 건물과 주공아파트 임대주택을 돌며 장삼이사, 필부필부의 한 사람으로 살다 간 아버지는 죽어서도 역시 어깨가 닿을 듯 비석이 빼곡하게 늘어선 사병 묘역에서 다른 무덤 것들과 똑같이 생긴 조화를 앞에 두고 거기 있었다.

세상엔 그런 이별도 있었다.

합동영결식장에서 나는 상주로서 다른 집 상주들과 맨 앞줄에 나란히 앉아 있었다. 한국전쟁 참전용사라는 훈장을 붙이고 평생 여당 표 한 장으로 살아온 아버지의 쓸쓸한 생을 생각할 때, 기독교, 불교, 원불교의 종교 행사가 차례로 진행되는 영결식은 너무나 엄숙하고 장엄해서 우스꽝스럽기까지 했다. 2월의 날씨는 매웠다. 추운 곳에서 떨다가 난방기가 돌아가는 실내에 앉아 있으니 몸이 녹으면서 참을 수 없는 졸음이 밀려왔다. 처음 보는 옆자리 상주들의 어깨 위로 고개가 뚝뚝 떨어졌다. 장례가 단 사흘인 것이 얼마나 다행인가 싶게 하루하루가 고단했다. 아버지 영정 앞에는 우리 어머니가 아닌 아버지의 다른 아내가 있었고 아버지와 그녀가 낳은 아들이 있었고 그녀가 아버지를 만나기 전에 낳은 딸도 있었다. 그리고 아버지가 두고 떠난 나와 내 동생들이 있었다.

아버지가 돌아가셨다고 전하면서 어머니의 뜻을 여쭈었다. 어머니는 마지막으로 가는 길 쓸쓸하지 않게 해주라고 하셨다. 부고를 냈다. 직장 동료들과 선후배들과 친구들, 인연을 맺고 살아가는 숱한 사람들이 조문하면서 아버지께서 살아계셨느냐고 물었다. 나와 관계없는 줄 알았던 아버지의 인생이 내 생의 일부가 되어 사람들 앞에 펼쳐지는데 남의 것처럼 낯설었다. 인생을 보았다. 관계를 해석하지 않기로 했다. 각자 고달픈 생을 짊어진 A, B, C, D… 그렇게 보기로 마음먹었다. 내가 확고하게 그런 태도를 취해서 동생들도 불편함을 참았다. 청년이 된 남동생은 어머니가 다른 우리 자매들을 누나, 하고 불렀고, 아버지의 아내는 내 동생의 어린 아기를 친정 엄마처럼 받아 업었다. 아버지를 이야기하지 않고 살아온 내가 단 한 번 아버지를 위해 할 일이 그것밖에 없었다. 잘 보내드리는 일.

지난겨울, 아버지를 만났었다. 김치가 아주 맛있게 담가졌으니 한 통 가져다 먹으라고 전화를 세 번이나 하셨다. 며칠 뒤에 서울 홍대 앞에 갈 일이 있으니 그때 뵈러 가겠다고 약속했다. 아버지는 내가 서울 지리를 잘 모를 테니 홍대 앞까지 나가겠다고 하셨다. 노인이 김치 통을 들고 지하철을 갈아타며 다니는 게 가능할까 싶으면서도 함께 보내지 않은 세월이 길어서 나는 아버지의 연세 여든을 잘 실감하지 못했다.

"아버지가 거기로 간다고 성화신데 우리 동네로 오면 어떻겠어? 사실은 걸음을 잘 못 걸으셔서…. 게다가 어젯밤은 딸 만난다고 흥분하셔서 한숨도 못 주무셨어."

아버지와 함께 산 그 여자의 목소리를 처음 들었다. 어린 날엔 그렇게 궁금하고 철없이 가보고 싶었던 곳, 아버지가 사는 그 어딘가를 비로소 가게 되었다. 이제 호기심도 원망도 없이 어색한 마음으로 아버지에게 가는 시간을 견뎠다. 상도역의 에스컬레이터는 좁고 길었다.

"은숙이가?"

중간쯤 올라갔을 때, 아버지의 경상도 사투리가 들려왔다. 대답하기엔 너무 먼 거리 같아서 손을 흔들었다.

"아이라?"

아버지는 내 손짓을 아니라는 뜻으로 해석을 하고 마음이 급해 에스컬레이터에 발을 올렸다. 마냥 기다리기가 갑갑했던 것이다. 그러자마자 내 얼굴을 확인하고 아버지는 에스컬레이터 위에서 뒷걸음치며 허둥거렸다. 금방이라도 굴러떨어질 것 같았다. 아버지의 여자가 얼른 뒤에서 아버지를 안아 끌어당겼다. 에스컬레이터가 나를 땅위에 올려놓았다. 할아버지가 된 아버지, 아버지의 뒤로 약간 물러서 있는 그녀를 보았다. 몸집이 자그마한 할머니가 커다란 김치 통이 두 개나 실린 밀차를 한 손으로 잡고 한 손으로는 아버지의 팔을 꼭 잡고 있었다. '그 여자'라고 생각해온 사람이 조심스러운 표정으로 거기 그렇게 서 있었다.

근처의 지하 다방으로 내려갔다. 휘청거리는 아버지를 부축해서 의자에 앉히고 김치 통이 실린 밀차를 끌어 내려 다방 문 앞에 세워놓고 셋이 마주 앉았다. 앉자마자 아버지는 서울 다니려면 이게 꼭 필요하다면서 종잇장 같은 것을 내밀었다. 구깃구깃한 지하철노선도였다. 벽에 붙여놓았던 걸 떼어왔다고 한다. 지하철노선도야 어디에나 널려 있는 것인데 이미 귀도 어둡고 판단이 흐려진 아버지는 그걸 떼어내려고 몹시 애를 썼단다. 아버지의 아내는 칼을 들고 벽에 물을 발라가며 그것을 떼어 서류 봉투에 담았다고 했다. 그녀는 나보다 한 살 아래라는 딸 이야기를 했다. 공부를 잘했는데 먹고 살기 바빠 대학교를 보내지 못했다고. 아들 이야기도 했다. 엄마가 돈 벌러 나가면 아이는 엄마를 다신 못 만나는 줄 알고 울다가 병이 나곤 했단다.

아무도 행복하지 않았다. 각자가 허덕이며 살았다. 누구도 다른 사람의 맹렬한 적이 될 수 없는 허름한 세월이었다. 이제 이별을 준비할 시간이구나, 미움은 물론 사랑마저도 무력할 수밖에 없는 생의 종점이 다가오고 있구나. 서울역까지 바래다주겠다는 아버지를 간신히 떼어놓고, 밀차를 끌어보지 않았던 나는 몇 번이나 힘을 써가면서 서투르게 김치 통을 데리고 걸었다.

그리고 한 달이 못 되어 아버지는 보훈병원에 입원하셨다. 택시 운전사가,

"친정아버지가 입원하신 것 맞지요?"

하고 물었다. 그렇다고 대답했다.

"딸, 사위는 와도 아들네는 잘 안 옵니다. 여기 입원하시는 노인분들 성질이 좀 괴팍해야지. 아들하고 안 싸우는 집 드물어요. 다들 군대서 한자리씩 하던 양반들 아닙니까. 의사한테도 마구 호통을 친답니다."

그럴 것이다. 만년 육군 상사였던 아버지는 제대를 한 뒤, 끝내 사회에 적응하지 못했다. 축산이니, 통일벼니 국가에서 장려하는 일들을 충실히 따랐다가 고스란히 손해를 입곤 했다. 그래도 선거 때는 늘 여당을 찍었다. 전라도를 미워하고 경상도를 사랑했다. 집에도 스스로의 자리를 두지 못했다. 늘 떠돌았고 예고 없이 문득 나타났다. 집에 오신 아버지가 야단을 치면 뼈가 굵어진 내가 콧방귀를 뀌었다. 아버지는 내게 순 빨갱이 같은 년이라고 했다.

보훈병원에 있는 동안 아버지는 하루하루 시들었다. 아버지의 사인은 폐암이었다. 고통이 아버지를 피폐하게 했다. 의사에게 호통을 치고 주삿바늘을 빼버리려고 하고 창문으로 뛰어내리려고 했다. 만나도 금방 헤어질 텐데 오고 가느라 힘만 든다고 이제 오지 마라고 하더니 손과 발이 침대에 묶이자 산소호흡기 안에서 가쁜 숨을 몰아

쉬며 헤어지고 싶어 하지 않았다. 금방 다시 오겠다고 해도 고개를 가로저으며 일어서려고 애를 썼다.

"안 갈게요. 그럼 제영이하고 저녁 먹고 올게요."

아버지는 간신히 고개를 끄덕이며 잠잠해졌다.

"아버지 학도병으로 끌려가셨던 이야기 들은 적 있니?"

로비에 서서 창밖을 일없이 내려다보다가 아버지의 아들에게 물었다.

"예. 중공군 포로로 잡혀갔다가 도망치신 이야기요?"

그 애가 빙그레 웃었다. 학교 다닐 때부터 공부는 안 하고 부모님 속만 썩인 아들이었다는 아버지는 집안의 기둥인 형을 대신해서 형의 이름으로 학도병에 갔다고 했다. 한국전쟁을 치른 아버지의 무용담은 전혀 용감하지 못했다. 목숨 걸고 도망친 이야기들뿐이었다. 나도 그 애를 보며 웃었다.

화장터에서 아버지의 유골을 수습해 대전 현충원으로 내려오는 버스 안에서 서류를 하나 써야 했다. 비석에 아버지의 이름과 유족의 이름을 새기고 부인이 세상을 뜨면 합장을 하기 위한 가족관계 서류였다. 아버지는 생전에 호적을 정리하지 않았다. 다섯이나 되는 딸들과 아내를 두고 간 미안함 때문이었는지, 어머니에게 이혼을 요구하지 않았고 어머니도 자식들의 앞날을 생각해서 여자로서의 삶을 멈추었다. 남동생이 서류를 들고 난감한 얼굴로 "누나!" 하고 불렀다. "이리 줘, 우리가 쓸게." 내 동생들이 단단한 목소리로 말했다. 남동생은 공란 상태의 서류를 누나들에게 넘겼다. '미망인'의 자리 에는 우리 어머니의 이름이 써질 것이다. 남동생을 바라보았다. 가슴이 아팠다. 그때 그녀가 나를 불렀다.

"아버지 모시고 호강하고 산 건 아니지만 남의 남편 빼앗아 산 죄인이 무슨 할 말이 있겠어. 미안하다. 어머니 잘 모시고 나중에 돌아가시거든 아버지랑 합장해드려. 아버지가 생전에 그러고 싶어 하셨어. 나는 아버지 곁에 더 있고 싶지 않어. 아버지 살아서 내게 참 모질었어. 나는 죽거든 화장해서 들판에 자유롭게 훨훨 뿌려달라구 오래전부터 자식들한테 부탁해놨어."

아버지를 묻고 아버지의 가족은 돌아갔다. 우리는 어머니에게 갔다. 어머니는 왈가왈부하길 원치 않는 듯했다. "고생들 했다." 짧게 한마디 하셨다. 몇 년 뒤 세상을 뜬 우리 어머니도 결단코 현충원에 묻히길 거부하셨으니 아버지는 참 외로운 사람이다.

잠이 쏟아졌다. 어디에도 뿌리내리지 못하고 바람같이 떠돌던 한 사람의 생이 끝났다. 아버지는 돌아가시기 전에 미안하다고 용서하라고 했다. 미안함은 우리 장삼이사들의 업보인가, 우리 중에 서로에게 미안하지 않은 사람은 없었다. 서로에 대한 애달픔이 삶을 이끌어갔다. 이제 국가는 더 이상 그를 괴롭힐 수 없다. 징병으로 끌고 갈 수도 없고 축산업을 시켜 망해먹게 할 일도 없다. 영결식을 거창

하게 해주고, 37105번, 묘비 번호를 부여해주고, 국가는 자기 일을
마쳤다.

쥐코밥상

　하느님께서 나에게 앞으로 이십 년, 혹은 삼십 년의 시간을 선물로 주신다면 채소밭과 조그만 집을 마련하고 싶다. 나의 과한 꿈은 순한 할머니가 되는 것이다. 옹졸하게 나만 생각하지 않고, 별것 아닌 일을 마음속에서 비비 꼬아 골부림하지 않고, 누가 무슨 말을 해도 편안하게 듣고, 무엇보다 사람을 좋아하는 할머니가 되고 싶다. 삼십 년 후의 나는 그냥 할머니가 아니고 따순 내가 나는 부엌을 가진 착한 할머니이다. 채소밭은 같이 밥을 먹기 위한 것이다. 그때는 살림이 몸에 배어 있을 것이다. 누가 불현듯 찾아오더라도 반가이 맞아들여 고추를 따고 상추를 씻고 가지를 볶아서 조촐하고 따뜻한 한 끼를 편안하게 나눌 수 있을 것이다. 나를 불러 앉히던 고마운 밥 상들이 그러했다. 그 밥을 먹으면서 나는 곽곽한 몇 개의 고개를 넘 었다.

손님들이 오시면 겁을 먹던 때가 있었다. 요리책을 펴놓고 잡채 와 갈비찜을 하고 나물을 무치고 생뚱맞은 샐러드를 만들었다. 조화 가 되거나 말거나, 내가 할 만하다 싶은 것들로 상을 그득하게 차 렸다. 그렇게 해야 대접을 하는 것 같았다. 평소 먹는 것과 달라도 너 무 달라서 식구들은 서운함을 느꼈다. 식구들보다 손님들이 더 소중 해서가 아니라 자신 없음에서 비롯된 지나침이었다. 고맙게도 내가 가르치는 아이들은 나를 닮지 않았다. 심심하다며 자기 집에 놀러 가자고 하고, 아무렇지도 않게 저의 집에 가서 저녁을 먹자고 한다. 담임선생이 저녁 먹겠다고 갑자기 찾아가면 가족들이 얼마나 놀랄 지 생각하지 못한다. 유림이는 선생이 저를 보고 웃는 것을 그러자 는 대답으로 알아듣고 언제 올 거냐고 며칠을 졸랐다.

"엄마 바쁘셔. 밥은 무슨."

"제가 할 거예요."

"니가 밥을 할 줄 알아? 보나 마나 엄마보고 반찬 만들어내라고 할 거면서."

"안 그래요. 라면 끓이면 되잖아요. 같이 가요, 네? 나경이도 간댔어요."

날짜가 잡히자 유림이는 교실 벽에 걸어놓은 달력에 커다랗게 동그라미를 쳐놓았다. 뭘 좀 사 가면 좋겠느냐고 물었더니 저는 돼지갈비를 좋아하는데 집에 고기가 없단다. 퇴근길에 돼지갈비를 사 들고 고개 너머 유림이네 집에 갔다. 유림이 엄마가 수줍고 반가운 웃음을 지으며 나오셨다. 마침 동짓날이라 팥죽을 쑤었다고 하시는데 유림이가 라면 먹어야 한다고 펄쩍 뛰었다. 양은 밥상에 라면 냄비와 젓가락 세 벌과 김치보시기, 소꿉장난처럼 물 세 컵이 놓였다. 밖은 바람이 찼지만 방 안은 따스하고 유림이가 끓여 온 라면은 맛있었다. 선생님 어려운 줄 모르고 모셔다가 라면 드시게 한다고 유림이 엄마와 할머니는 민망해하면서 우리가 라면 먹는 것을 구경하셨다. 아이들은 쉴 새 없이 재잘거렸다. 남자애들이 모두 나경이를 좋아한다고 유림이가 투덜거렸다. 자기도 남자 친구가 있으면 좋겠다고 하니까 나경이가 2학년 오빠 아무개가 너를 좋아하지 않느냐고 놀렸다. 그 오빠는 싫다고 소리 지르다가 유림이는 엄마에게 꾸중을 들었다.

"목소리 좀 작게 해라. 그렇게 큰 소리로 떠들어대니 선생님이 얼마나 정신없으시겠어."

야단치는 엄마 목소리도 만만치 않게 컸다. 아이들은 "네" 하고 순순히 대답했다.

라면을 먹고 나자 팥죽상이 차려졌다. 이미 배가 부른데도 수저를 극구 쥐어주시면서 맛이나 보라고 권하셨다. 동치미 한 그릇, 팥죽 세 그릇, 수저 세 벌. 아이들은 방으로 들어가고 엄마, 할머니와 둘러앉아 팥죽을 먹었다. 3월에 가정방문 왔을 때와 똑같이 엄마는 유림이가 공부 못한다고 걱정하고 할머니는 기죽이지 말고 자꾸 다독이라고, 그래도 저것처럼 착한 아이 없다고 손녀를 두둔했다.

"성격은 좋아요."

시어머님 말씀에 동의하면서 유림이 엄마가 웃었다. 아침마다 온 식구가 유림이 오빠 동국이 시중을 들어줄 때 유림이는 저 혼자 일찌감치 일어나 씻고 밥 먹고 제가 알아서 달려 나간다고 했다.

"할미 아프면 유림이는 벌벌 떨어요. 다리 주무르고 끌어안고 뽀뽀하고 얼마나 정스러운지 몰라."

"공부만 좀 했으면 좋겠는데. 야단을 치면 제 방에서 나오지도 못하고 책에 고개를 박고 있긴 하는데 조금 있다 들어가 보면 옷도 못 벗고 땀에 폭 젖어서 엎드려 자고 있어요. 딱해서 야단도 못 치겠어요."

엄마와 할머니가 주거니 받거니, 참 따사로웠다. 동치밋국 하나 곁들인 팥죽상이 그렇게 아늑할 수가 없었다.

코에 대고 겨우 냄새나 맡을 정도로 양이 적은 밥상을 이르는 옛말이 있다. 쥐코밥상. 밥 한 그릇, 반찬 한두 가지 놓고 혼자 먹거나 마주 앉는 상. 그 앞에 앉는 마음은 조용하고 나지막하다. 혼자 먹을 때 가끔 찬밥을 물에 만다. 오이에 고추장을 찍어 먹기도 하고 된장찌개와 김치만 놓고 먹기도 한다. 그때 좋아하는 친구가 온다면 무척 반가울 것이다. 집에 애호박이라도 하나 있으면 금방 새우젓 넣고 호박볶음 한 가지 더 해서 상 위에 올릴 것이고, 비라도 분위기 있게 내리는 날이라면 파전이나 김치전을 한 쪽 부쳐 낼 것이다. 음식을 장만하느라고 수선 피우는 대신 친구와 이야기를 더 할 것이다. 옛사람들은 모르는 길손이라도 끼니때 인연이 되면 그냥 굶겨 보내지 않았다고 한다. 잘 차려 내진 못해도 잡곡밥에 있는 대로 반찬 한두 가지 소반에 올려 요기를 하게 했다 한다. 반찬 가짓수 대신 가진만큼 과장 없이 따뜻한 마음을 얹는 밥상, 그것이 쥐코밥상일 것이다. 보고 싶던 사람들, 좋은 사람들이 오는데도 반가움으로 마음을 가득 채우지 못하고 음식 준비를 걱정하던 때, 내 삶엔 그 따뜻하고 조촐한 것이 없었다. 이제 그러지 않아서 참 다행이다. 라면 한 그릇 끓여 먹자고 달력에 동그라미를 치는 유림이 같은 아이들이 있어서 나는 조금씩 달라지는 것 같다.

유림이네 집이 산 중턱에 있어서였을까? 문득 국민학교 다닐 때 쌀자루를 끌고 친구네 집에 갔던 기억이 떠올랐다. 친구의 이름은 잊었다. 담임선생님이 불우이웃돕기 모금을 한 쌀을 친구네 집에 갖다주라고 몇몇 아이들에게 심부름을 시키셨다. 친구네 집은 산허리에 외따로 떨어져 있었다. 토요일 오후에 우린 땀을 뻘뻘 흘리면서 산을 올라갔다. 친구들 힘들게 왜 여기까지 쌀을 갖고 오게 하느냐고 엄마가 딸에게 뭐라 하실 때 조금 걱정스러운 마음으로 친구의 엄마를 바라보았다. 엄마의 얼굴엔 미안해하는 웃음이 번져 있었다. 화난 표정이 아니어서 안심이 되었다. 친구의 엄마가 그 쌀로 밥을 지어주셨다. 반찬은 딱 한 가지 열무김치였다. 고춧가루의 붉은빛이 거의 돌지 않는 가느다란 열무였다. 철없는 우리들은 밥을 더 달라고 너도나도 바닥이 난 밥그릇을 내밀었고 친구 엄마는 달라는 대로 넉넉하게 밥을 퍼주셨다. 세상에 그렇게 맛있는 밥은 처음이었다. 우리는 배부르게 먹고 산비탈을 뛰어다니면서 신나게 놀다가 해가 저문 뒤 집으로 돌아왔다. 가져간 쌀을 우리가 너무 많이 먹은 건 아닐까, 어린 마음에도 그렇게 밥을 많이 먹어버린 것이 몹시 미안했다. 산허리 오두막, 한 개의 반찬이 오른 밥상, 불우이웃돕기 쌀자루를 끌고 온 딸의 친구들을 웃는 얼굴로 맞이하여 밥을 지어 먹이던 친구 엄마, 뭐라고 말할 수 없을 만큼 맛있던 그 밥, 그날의 기억은 지금까지도 잊히지 않는다. 그분은 혹 관음보살님이 아니었을까?

유림이 할머니께서 기대어 앉으신 벽에 용도를 알 수 없는 옆으로 길고 커다란 거울이 붙어 있었다. '축 발전'이라 쓰인 걸 보아 어느 영업집에 붙어 있던 것인가 보다. 벽지도 낡았다. 형편이 넉넉지 못함이 읽힌다. 그러나 할머니도 엄마도 아이들도 기운이 활달하고,

쥐코밥상   45

마을회관에서 저녁을 먹고 들어왔다는 아빠도 과묵하면서 온화했다. 유림이 아빠는 담임선생이 왔다고 특별히 수선스럽지도 않고, 아이들만 학교에 보내놓고 신경 쓰지 못해 죄송하다는 학부모님들이 흔히 하는 인사치레도 하지 않았다. 곁에 앉아 식구들 하는 말을 들으면서 가끔 빙긋이 웃기만 했다.

유림이네 집이 편안해서 오래 놀았다. 길어야 한 시간, 잠깐 앉았다 일어나는 것이 가정방문인데 선생인 것을 잊고 그렇게 놀다 오는 때가 있다. 부담 줄까 봐 물 한 잔 말고는 아무것도 먹지 않겠다고 아이들 편에 미리 전해놓고 어떤 집에서는 밥까지 얻어먹고 온다. 배고픈 마음까지 채워주는 것 같은 따스한 밥이 있었고 그 밥은 한결같이 조촐했다. 체면치레를 중요시하는 나를 가르치기 위해서 지극하고 가난한 밥상이 열 번, 스무 번 필요했나 보다.

하루하루가 좋은 달

아메리카 원주민처럼 우리도 우리가 살아가는 열두 달에 이름을 붙여보았다. 동민이에게 1월은 '이불 속에서 귤 까먹는 달'이었고 지호에겐 '시간이 멈췄으면 하는 달'이었다. 이불 속에서 노란 귤을 까먹으면서 텔레비전을 보고 게임을 하는 겨울방학은 말 그대로 쏜살같으니까. 규승이에게 2월은 '엄마가 부자 되는 달'이었다. 설날 모였던 친척 어른들이 돌아가시고 나면 세뱃돈은 엄마가 접수하기 때문이다.

아, 부담스러운 3월! 지호 말대로 겨울방학 땐 온 세상의 시곗바

늘이 아랫목에 둔 엿가락처럼 바닥에 들러붙었으면 좋겠다. 하루빨리 접속해야 하고 알아야 하고 느껴야 하는 어리고 낯선 얼굴들, 서른 개의 만만치 않은 개성이 3월 첫날의 교실에서 나를 기다리고 있다. 개학 날이면 일 년 내 두 번 입지 않는 정장 투피스와 스타킹에 손이 가는 것도 긴장의 표현이겠지. 아이들도 같은 심정인지 민준이는 3월을 '마음을 단단하게 먹어야 하는 달'이라고 했고 승한이는 '어색함에 간보는 달'이라고 명명했다. 이것저것 계획서를 작성하고 기초 조사를 하고 청소 구역을 배정하고 자리 배치를 고민하며 교사들이 동동거리는 동안 아이들은 저희끼리 힘겨루기를 하며 어떤 선생님 시간이 조금 만만한지, 어떤 선생님 시간에 빳빳이 몸을 세워야 하는지 나름 간을 보는 것이다.

그리고 4월이 온다. 새 학기에 적응이 되고 새로 만난 친구들과도 친해진 4월, '친구들 보는 맛에 사는 달'이 시작된 거다. 우리 교사들은 자리 배치를 다시 해야 한다. 둘이 붙어서 떠드는 놈들을 멀리 떨어뜨려 앉혀놓고 그래도 안 되면 창가에 외줄을 하나 만들어 정신 사나운 놈들을 귀양 보낸다. 수업 시간에 반드시 보건실 아니면 화장실에 다녀와야 하는 승현이에게 5월은 '모든 여자들이 예뻐 보이는 달'이다. 그러나 '모든'에 '우리 모두'가 포함되는 것은 아니다. 녀석들이 교무실 창문 너머에서 까치발을 세우고 세상 착한 눈빛으로 바라보는 건 생머리가 길고 늘 상큼하게 웃어주시는 교무행

정사 선생님이다. 흥, 나도 니들이 언제나 이쁜 건 아니니 크게 서운하진 않다.

지금은 '한 해의 중간을 버틴 달' 6월이다. 6월 마지막 휴일에 나는 시험문제를 내고 있다. 겨우 여덟 문제 냈는데 시험지 석 장이 넘어가고 있다. 어떻게 지문을 줄여야 하나, 학생 시절에 미술도 좋아하고 한문도 좋아했는데 왜 하필 국어 선생이 되었나, 시험문제 낼 때마다 후회한다. 아이들에게 6월은? '공부는 내일부터라고 결심하는 달'이다. 그러니 성적표가 나오는 7월은 '엄마가 무서운 달'이고 '집에 가기 싫은 달'이다. 시험문제를 내는 것이 어려운 걸까, 시험을 보는 게 어려운 걸까. 나는 지금 학생이 아니라 선생이므로 시험을 보는 게 훨씬 쉽겠다고 생각한다. 시험문제를 제출하고 나면 수행평가 과제물들을 다시 읽으면서 최종 채점을 해야 한다. 한 학기 동안 아이들이 써낸 시와 산문과 독후감이 차곡차곡 쌓여 있다.

오백여 편의 작품이 책상에 쌓여 있다는 것, 나는 그것이 즐겁다. 내가 생각해도 이건 반전이다. 읽어야 할 의무가 아니라 읽을 수 있는 권리처럼 느껴진다. 내가 국어 선생이 아니었으면 아이들이 자기 글을 내게 보여줬을까?

"선생님만 읽을 거죠? 아무한테도 보여주시면 안 돼요."

아이들은 그렇게 다짐을 받고 난 뒤에 글을 쓴다. 심지어는 나도 읽지 마라고 한다.

"국어 선생님이 안 보면 도대체 누가 봐? 독자가 한 명은 있어야지."

그래도 안 된다고 하는 경우는 없다. 혼자 보기엔 너무나 아까운 아이들의 이야기, 혼자 웃다가, 혼자 눈시울이 시큰하다가 결국 약속을 못 지키고 옆자리, 앞자리 선생님들을 불러 나만 읽을 수 있는 소중한 권리를 아주 조금 대여하기도 한다. 국어 선생으로서 가장 즐거운 순간은 아이들의 글을 '함께 읽는' 순간이다. 용하가 쓴 글을 교재로 하여 용하네 반 아이들과 수업을 할 때, 휼빈이의 시를 휼빈이네 반 아이들과 공부할 때, 친구들의 웃음과 박수 속에서 상기되는 어린 시인, 어린 작가들의 얼굴이 얼마나 예쁜지 안 본 사람은 모른다. 자기의 글을 아무에게도 보여주지 마라는 주문은 저절로 취소된다. 부작용도 없진 않다.

> 차곡차곡 쌓아 올린
> 우리의 묘한 감정 속에서
> 아슬아슬 흔들리는 젠가 사이에서
> 블록을 빼낸다
>
> 무너져도 다시 쌓아 올릴 수 있을까
> 무너지는 젠가 사이에서

넌 울고 있을까

(…)

이게 무슨 말인지. 어쨌든 이건 떠들지 않으면 자는 그 녀석의 언어가 아니다. 어디서 뭘 베껴 왔는지 네이버에 입력해보니 '지식iN'이 뜬다.

"자작시 써주세요ㅜㅜㅜ 전 중1이구요. 주제는 꿈, 희망, 이별, 우정 등등 아무거나 해주세요. 제가 생각해본 제목이 있는데 '젠가'예요. 쓰면 뭔가 좋을 것 같은데 생각이 안 나네요ㅜ. 그냥 아무거나 수준 맞춰서 자작시 써주시면 감사하겠습니다."

그 아래 저 '자작시'와 댓글이 붙어 있었다.

"이제 막 사랑이 싹트는 사이를 젠가에 비유해보았습니다^^. 질문자님께서 젠가를 자작시로 쓰고 싶다고 하셔서^^."

정말 웃기는 녀석. 배꼽 잡게 하는 '지식iN'.

옆 반에서 용석이의 시를 가지고 수업을 했다는 소문을 듣고 녀석이 교무실로 찾아왔다. 선생님이 읽고 울었다는 용석이의 시를 보여달라고 했다. 네가 용석이를 놀릴 염려가 있어서 안 된다고 거절했다. 절대 그러지 않겠다고 다짐을 하는데 평소의 표정이 아니었다.

우리 엄마 볼 때마다 기분이 좋다 왜냐하면

우리 엄마니까♡

우리 엄마는 필리핀에서 태어나셨다

성함은 니뇨 프랑코 멜리사

그런데 나는 엄마를 아침저녁만 볼 수 있다

일을 하시는데 솔브레인을 다니시는데

그래두 야간이면 엄마를 본다

왜냐하면 낮에 주무시고

밤에 일을 나가신다

나는 항상 엄마랑 통화한다

엄마는 오로지 내 생각♡

밥 먹었니? 씻었니? 운동했니?

혈당 몇이야? 집은 들어갔어?

마지막 말은 I love you ♡

엄마 보고 싶다아!!

—1학년 이용석, 「우리 엄마 볼 때마다」

소아당뇨를 앓는 석이는 스스로 자기 배에 인슐린주사를 놓고 학교에 온다. 체육 수업이 있는 날마다 너무 뛰지 마라고 주의를 준다. 아이는 그러겠다고 대답은 잘하지만 좋아하는 운동을 참지 못해 핏기 없는 얼굴로 보건실에 드러눕는다. 나는 눈물이 나는데 오히려 조그만 이 아이는 괜찮다고 이건 평생 안고 살아갈 수밖에 없는 거라고 심상하게 말한다. 잠잠히 석이의 시를 읽던 녀석은 별 말없이 돌아갔다. 그리고 '지식iN'이 써준 자작시 「젠가」를 들고 나타난 거다. 퇴짜를 맞고 자기 자리로 돌아가 골똘히 뭔가를 쓰는 녀석을 힐끔힐끔 보면서 저 아이를 내가 걸핏하면 복도로 내쫓았구나, 하고 생각했다. 녀석이 다시 들고나온 시는 그 아이를 꼭 닮아 투박하고 산만하고 다듬어지지 않은 문장으로 제 생각을 제 생각만큼만 표현하고 있었다.

　　나의 꿈은 치열한 경쟁 속에서 싸우고 달리는 자전거 선수이다

　　어른들은 말씀하신다. 자전거는 위험하다

　　하지만 나는 자전거를 포기할 수 없다

　　처음이자 마지막으로 진지하게 생각해본 꿈이다

　　다리가 부러지거나 내가 죽지 않는 이상

　　포기를 못 할 것이다.

자전거를 타고 언덕을 오르면 가끔 지친다

하지만!!

여기까지 와서 포기하냐? 이런 생각을 한다

(…)

그 누가

나를 증명해주는 자전거 선수를 꼭꼭꼭 하고 싶다 ㅎ

—1학년 김○현, 「꿈은 이루어진다」

　이정록 시인이 우리 학교에 초청 강사로 오시는 날, 시인을 만나
겠다는 아이들이 많아서 경쟁이 치열했다. 녀석을 명단에 넣었다.
건강검진과 겹쳤던 녀석이 검사를 마치고 헐레벌떡 달려왔다. 땀이
나서 머리카락이 젖어 있었다. 시험문제 낼 때 좀 어렵긴 해도 역시
국어 선생이 된 것은 행운인 것 같다.

　시험이 끝나면 곧 여름방학이다. 우리 아이들은 '피시방 자리 꽉
차는' 8월을 맞이할 것이다. '갑자기 차인 달' 9월, '귀에 이어폰 꽂고
걷고 싶은 달' 10월, '여자한테 빼빼로도 못 받는 달' 11월, '산타가
오지 않는 달', '포경 하는 달', 그래도 '하루하루가 좋은 달' 12월도
차례차례 우리 인연 앞에 쌓일 것이다. 그리고 다시 이불 속에서 귤
을 까먹으며 시간이 멈췄으면 좋겠다고 생각하겠지. 예쁘고 야단스

럽고 귀엽고 정신 사나운 이놈들이 3월에 내 앞에 나타나 간을 보던
바로 그 녀석들이다.

두살 차이

>

선생님 오늘 많이 바쁘셨죠. 왜 우리 학교는 내 선생님을 가만히 냅
두질 못한대, 이 쒸! 점심시간에 공책 가지러 갔다가 선생님이 못 쓰신
걸 보구 선생님은 이만큼 바쁘신데 나는 놀고 있을 시간이 어디 있겠냐
해서 밥 먹고 교실 올라가서 공부하려고 하는데 애들이 창가에 몰려 있
길래 왜 그런가 봤더니 선생님이 남기성 선생님과 성기연 선생님과 함
께 얘기 나누시는 게 보였죠. 선생님의 휴식 시간을 방해해서 죄송합니
다. 선생님이 앉아 계실 때 선생님 얼굴로 바람 한 줄기가 불어서 선생
님 머리카락을 흩트리고 지나가는데 선생님이 얼마나 아름다워 보이

는지. 선생님, 혹시 아름답다, 이쁘다, 하는 말이 지겨우시면 말씀해주세요. 얼굴이 살짝 붉어지더라도 이 말들을 대신할 말들은 얼마든지 있으니까요.

벌써 11월 3일이 돼요. 선생님과 처음 일기를 쓴 날 아직도 기억해요. 너무 선명하게. 이제 조금만 있으면 새해가 되네요. 그때는 선생님이 19살이 되시나요. 아이구, 어른 다 되셨네? ^^ 선생님 19살 되셔도 저하고 계속 일기 쓰실 거죠?

내일도 열심히 청소해요. 난 선생님과 함께라면 뭐든지 좋으니까.

저만 한 딸이 있는 담임선생님을 교환 일기장 속에선 열여섯 살 먹은 여자 친구 대하듯 하는 녀석이 있었다. 왜 쪼그맣고 귀여운 중학생 남자아이들이 의젓한 오빠 노릇을 하려 할까? '아들심리학'을 연구하는 마음으로 잠깐 생각해보니 나도 모르게 어른답지 않은 모습을 보이기 때문 아닐까 싶다.

"어떻게 하면 좋아? 이거, 어떻게 좀 해봐."

옆자리에 앉은 선생님 말씀이 내가 아이들에게 이런 말을 종종한다는 것이다. 그러고 보니 그렇다. 선생님이란 아이들보다 어떤 일에 대해 먼저 알고 있고, 어떤 일을 아이들보다 능숙하게 하는 존재이기 쉬운데 어찌 된 건지 나는 모르는 게 많고 아이들보다 못하는 것도 많다. 난 학교 다닐 때도 공부를 잘 못했다. 교원임용고사는 내가 잘할 수 있는 두 과목만 공부하면 되었기 때문에 용케 선생이 되었다. 아이들이 수학 문제를 쓱쓱 풀어내면 존경의 마음이 샘솟는다. 시험 감독할 때 총명한 표정으로 수학, 과학, 영어 문제를 풀고 있는 아이들을 보면 신기하다. 어쩌면 저렇게 공부를 잘할까? 반대로 대충 풀고 시험지에 낙서를 하고 있는 아이들을 보면 동질감이 느껴진다. 나도 그랬기 때문이다.

그러니까 학교 안에서 내 마음이 가장 나다운 때는 그래도 교실에 있을 때일 것이다. 좋아하는 일은 힘들지 않다. 아이들과 쑥을 뜨러 나가는 일, 사소한 이야기들을 나누는 일, 청소하는 일, 국어를 내 수준으로 쉽게 가르쳐주는 일, 또 이렇게 일기장을 주고받으며 편지를 나누는 일. 좋아하는 마음은 모든 일을 쉽게 해준다. 비밀 일기장에 아이들이 털어놓는 이야기는 재미있고 뭉클하다. 혼자 웃고 혼자 울컥한다.

"선생님이 열아홉 살이 되시나요, 아이구 어른 다 되셨네?"

일기를 읽으면서 낄낄 웃었더니 옆자리 선생님이 쳐다보았다.

"바람이 내 머리카락을 흩트리고 지나갈 때 내가 아름답다는 걸 여태 몰랐어. 이러니 내가 어지간한 애정 표현엔 눈도 깜짝 안 하는 거야."

선생님은 가관이라는 표정을 지었다.

점심을 먹은 뒤, 남기성 선생님, 성기연 선생님을 끌고 교무실 밖에 나가 가을 햇살을 쬐던 그날은, 선생님들 말씀대로 한 편의 영화 같은 날이었다. 아이들이 2층 교실 창가에서 "선생님!" 하고 불렀다. 고개를 돌리는 순간 우리는 유유히 날아오는 종이비행기를 보았다. 비행기는 발밑에 사뿐히 내려앉았고 아이들은 수줍어서 커튼 뒤로 숨었다. 깔깔거리는 웃음소리만 유리알 같았다.

"애들이 어쩌면 저렇대?"

스무 살도, 서른 살도, 생머리도 아닌 우리 아줌마 선생님들은 참 행복했다.

첫눈 내린 다음 날, 칠갑산 고개를 넘어 출근하면서 가슴이 어찌나 설레던지. 이렇게 아름다울 수가 있을까? 붉은 감나무 위로 쌓인 흰 눈. 네가 첫눈 함께 맞자고 했는데 실망했겠다. 모든 눈은 첫눈이야. 어제 내린 눈이 오늘 다시 오는 건 아니거든. 우리가 학교에 있을 때 함박눈이 오거든 모두 운동장에 나가서 축구를 하자. 교장선생님이 음악을 틀어주시면 참 좋겠다.

눈이 오면 축구 하는 대신 손잡고 걷고 싶어요. 뭐랄까, 음. 엄청 낭만적일 것 같죠? 저는 수업 시간에 첫눈이 오면 화장실 갔다 온다고 뻥을 치고 선생님을 찾아 같이 눈을 맞으려고 했죠. 이젠 다 사그라졌지만 말이에요. 집에 가서도 계속 바쁘셨나 봐요? 오늘에야 쓰신 걸 보니까.

그러게 좀, 모든 것을 넉넉하게 받아들이고 생활 좀 하시지요. 언제나 여유로운 듯 보이시지만 그래도 제 눈엔 선생님의 다급함도 보이는 것 같거든요. 선생님 매일매일 힘드시겠지만 그래도 힘내세요. 제자들은 담임선생님을 닮는다는데 선생님이 맨날 축 늘어져 다니면 아마 저희도 그렇게 될 거예요.

ps. 도서실에서 선생님이 아이들 세 명만 데리고 오라 하셨다고 영광이가 왔을 때 애들이 저보구 "넌 당연히 가야지", 이러는 거 있죠? 얼마나 행복했다구요.

오빠와 선생님이 주고받는 일기장을 훔쳐본 여동생은 오빠가 제 말을 안 들어주면 이렇게 욕을 한다고 했다.

"니네 담임선생님하고 깨져라!"

녀석은 표현이 풍부하고 섬세했다. 부모님의 농사를 도우며 자라서 일손도 야무졌다. 난 그애가 시를 쓰는 농부가 되었으면, 하고 즐거운 그림을 그려보곤 했다.

"선생님께 제가 특별한 제자인가요? 예스 아니면 노, 둘 중의 하나로만 대답해주세요. 일절 딴 이야기 말고요. '모두가 특별하지. 요한이는 요한이대로, 신범이는 신범이대로' 이런 말씀 하지 말아주세요."

사춘기 소년의 맑은 심성이 상처 받지 않고 건강하고 밝게 자라도록 마음 쓰느라 가끔 속으로 쩔쩔매곤 했다. 맞다. 중학생 요한이는 특별한 친구였다. 그처럼 순수하게 선생의 사랑을 이끌어내는 아이는 참으로 드물었다. 이제 멋진 청년이 되었으니 요한이는 요한이대로, 신범이는 신범이대로, 특별하지 않을 수 없는 벗이라고 말해도 즐거워해줄 것이다. 녀석과 주고받는 일기장의 이름은 '두 살 차이'였다. 녀석이 제 마음의 나이를 담임선생보다 두 살 올리고 일기장의 이름을 그렇게 지어 내밀었다. 고마운 일이다. 아이들과 이 아름답고 아픈 세상의 벗이 되어 살아가는 일. 두 살 차이에서 너무 멀어지지 않게, 아이들에게 묻고 이야기를 듣고 이야기를 하면서 잘 살아야겠다.

바라본다

✕

훈이를 처음 만났다.

"선생님 책을 읽고 이 책을 쓴 사람이라면 이야기를 나누고 싶다는 중학생이 있어."

몇 해 전 목사님이 말씀하셨던 그 아이가 고등학교 2학년이 되어 있었다.

"아, 그래요? 놀러 오라고 전해주세요."

"아니지, 선생님이 찾아가야지. 나를 만나고 싶어 하는 학생이 있다면 내가 가는 게 옳지."

아, 그렇구나, 그게 옳겠구나,라고 생각은 했다. 그러나 몇 년이 지난 지금에서야 깨달은 것은 나는 목사님의 말씀을 제대로 듣지 않았다는 것이다. 목사님은 그 아이가 누구인지, 어떤 상황인지 이야기를 더 진행하지 않으셨다. 진행할 수가 없으셨다. 이야기를 이어가야 하는 사람은 나였던 것이다.

수년 전에 전남 강진의 남녘교회에서 만난 친구가 있다. 일 년에 두 번, 방학 중의 단식이 나에게는 몸과 마음의 유일한 휴가라서 몇 명의 친구들과 함께 조용한 장소를 찾아가곤 했는데 그해 겨울엔 남녘교회 목사님이 교회로 초대를 해주셨다. 친구는 학부모로서 학교 선생님들에게 상처를 많이 받던 때라 교사인 내가 처음부터 탐탁지 않았고, 게다가 누군가에게 시를 쓴다는 소개를 받고는 속으로 이런 생각을 했다고 한다.

'시인 나부랭이를 내가 여기까지 와서 또 봐야 하다니, 선생질이나 잘할 것이지 시는 무슨…'.

남녘교회의 신자인 그 여자가 좀 까칠하게 구는 것을 금방 느꼈지만 낯선 사람들이 모여 며칠 지내다 보면 대하기 어려운 사람 하나쯤 있는 건 흔한 일이었다. 다음 날 새벽 동트기 전에 우린 천변을 따라 길고 긴 둑길을 걸었다. 그녀가 곁에 와서 걸으면서 말했다.

"나는 시 쓰네, 하는 사람들이 싫어요."

웃음이 나왔다. 시 쓰네, 하는 사람을 그래도 다가와서 건드려보네? 좋은 사람이구나.

"나두 그래요."

"시집 냈어요?"

"내긴 했는데 초판 절쇄됐어요."

그녀가 웃음을 터뜨렸다. 갈대 너머로 터질 것 같은 해가 떠오르는 걸 함께 보면서 돌아올 때까지 이야기를 나누었다. 만일 그녀가 그렇게 다가와 시비를 걸지 않았다면 우린 친구가 되지 못했을 것이다. 가끔 그녀의 아들 훈이 이야기를 들었다. 강화도의 대안학교로 전학한 아들에 대한 고민, 자신에 대한 반성, 그런 이야기들을 조각 모음하는 중에 목사님이 말씀하셨던 그 중학생이 훈이라는 걸 알았다. 마음이 너무나 괴로웠다. 내가 쓴 책이 소설도 아니고 시도 아니고 중학생 아이들과 나눈 이야기 아닌가. 어느 중학생이 '이 사람이라면 이야기를 할 수 있겠다'고 했다면 세상과 소통이 안 되는 어떤 문제를 끌어안고 있다는 말인 것을 알아들었어야 했다. 소설을 읽은 사람이 작가를 만나고 싶어 하는 호기심 같은 것과는 다른 차원인 것이다.

"아니지, 선생님이 찾아가야지."

그게 무슨 말씀이신지 비로소 알게 되었다. 나는 뭐라고 한가로운 대답을 했던가, "놀러 오라고 하셔요." 친구의 말이 맞다. 선생질이나 잘할 것이지, 무슨 글 나부랭이를 쓴답시고.

훈이는 표정도 말도 없었다.

"훈아, 너 무척 보고 싶었어."

사과하는 마음을 담아 인사를 건넸다. 훈이는 그냥 안녕하세요, 라고 했다. 친구는 엄마가 무척 좋아하는 친구가 오니까 네가 잘했으면 좋겠다고 아들에게 부탁을 했다고 한다. 밝은 얼굴로 인사도 하고 함께 밥도 먹고 이야기도 하고, 욕심을 내다가 생각을 바꿨다.

"아냐, 엄마 친구한테 잘 안 보여도 돼. 그냥 평소대로 해."

훈이는 같이 밥도 먹고 내게 요구르트도 가져다주고 부탁하는 대로 오디오의 볼륨도 줄여주고 그랬지만 여전히 말은 없었는데 엄마에겐 흡족한 상황이 아니었겠지만, 나는 훈이가 정직하다고 생각했다. 청년답다고 느꼈다. 누구나 가파르게 넘어야 할 고개를 만나는 때가 있는 것이다. 정직하지 못한 어른처럼 평화로운 얼굴을 하고 두렵지도 외롭지도 않은 것처럼, 그러지 않아서 다행이라고 생각했다. 어쩌면 고개를 넘고 있어서가 아닐 수도 있다. 왜 누구나 다른 사람에게 상냥해야 하나, 뭣 때문에 하루 종일 태양처럼 밝아야 하나. 안 그래도 괜찮다. 그냥 네 모습 그대로 좋다. 친구는 제 자식이 아니라 그렇게 생각할 수 있는 거라고 놀렸다. 그래도 다행이지, 친구 아들마저 있는 그대로 안 보고 닦달하는 아줌마까지 있다면 훈이가 어찌 살겠니.

목사님은 순천의 어느 대안학교에 교장선생님으로 가셨다. 재정이 몹시 어려워서 특수교육을 받아야 하는 어린이 한 명을 이사회에서 받아들였다고 한다. 그런데 아이의 행동들이 수업에 방해가 되어서 문제였다. 학부모들이 회의를 거듭하며 교장선생님에게 대안을 물었다.

"뭐라고 대답하셨어요?"

"없다고 했어. 없지, 나한테 무슨 대안이 있어."

깜짝 놀랐다. 어떻게 교장선생님이 그렇게 대답할 수 있는지, 그렇게 대답해도 되는 건지. 다시 생각하니 그게 맞는 얘긴데 공교육 교사인 나의 머리는 오랜 습관대로 방어적인 대답을 궁리했다. 교장선생님에게 누구나 쉽게 수긍할 수 있는 대안이 있다면 학부모들이 회의까지 할 필요도 없었을 것이다. 특별한 돌봄이 필요한 어린이가 내 자식과 같은 교실을 사용하며 수업을 '훼방'하는 일을 어떻게 해결할 것인가에 대한 대답은 문제를 제기한 사람만이 가지고 있지 않을까. 어느 날 빈 교실에서 그 어린이가 혼자 엎드려 있는 걸 교장선생님이 보시고 옆에 가서 그냥 앉아 있었단다. 교장선생님이 곁에 앉아 자기를 바라보고 있는 걸 알고 아이는 흐느껴 울기 시작했다. "아이들이 싫어요", "학교 오기 싫어요"라고 하면서. 교장 선생님이 뭐라고 위로했는지는 말씀을 안 하셔서 모르겠다. 이번에 뵀을 때 여쭈어보니 아주 많이 좋아져서 학교에 잘 다니고 있다고 하셨다.

훈이네 집에 있는 동안, 어느 신문에서 목사님을 인터뷰한 기사를 보았다. 햇빛괴 깊은 역할을 말하고 계셨다. 그냥 바라보는 것, 그 문제를 해결하려고 어떤 일을 특별하게 하진 않지만 흔들리고 힘들어하는 나를 (혹은 어린이를, 그를, 그녀를) 그 모습 그대로 바라보기만 해도 나도 모르는 사이에 문제가 해결될 수 있다는 이야기였다. 바라본다는 말에 대하여 생각해본다. 내 판단의 기준을 가지고 재단하는 것 말고 있는 그대로 오래오래 바라보아주는 것, 그 눈길 안에서라면 저절로 치유가 일어나지 않을까.

"선생님은 그런 눈을 갖고 있어야 합니다. 제대로 된 사람만이 존재의 실상을 볼 수 있습니다. 아이들에게도 배우려는 기본자세가 되어 있는 사람, 아이는 신(神)이라는 존재의 실상에 눈을 뜬 사람이 선생님입니다. 그 속에서 자라나는 아이들은 인간의 자존을 굽히지 않으면서 자기 뜻을 잘 펼치며 살아갈 거예요."

이런 말씀을 들려주시는 스승들이 곁에 있어서 어느 날엔가는 사람을 있는 그대로 바라보는 눈을 갖게 될 거라는 희망이 있다. 바람직한 방향으로 아이를 바꾸겠다는 뜻보다도 그 아이의 실상인 작은 신(神)을 발견하고자 하는 것이 훨씬 어렵고 오래 지속되어야 할 태도이며 적극적인 일이라는 걸 안다. 한 인간으로서, 교사로서 지녀볼 만한 높은 뜻이라는 것도 알 것 같다.

씨앗을 뿌리는 사람

*

"우리, 속담 맞히기 할까?"

말이 떨어지자마자 우리 아이들은 딴짓을 멈추고 눈에 힘을 준다. 1학년 1반과 2반, 각 반 스물세 명씩 마흔여섯 명. 내게 국어를 배우는 학생들이다. 상품은 볼펜 한 자루, 수정테이프, 그림엽서 한 장, 샤프심, 예쁜 지우개…. 문구점에서 일없이 한두 개씩 사 모은 것들이다. 나는 좀 유치하다. 공책, 수첩, 가위 같은 것들을 살 때 소녀처럼 흐뭇하고, 그렇게 사 모은 것들을 상품으로 걸고 낱말 맞추기, 속담 맞추기를 할 때 아낌없이 즐겁다.

―죽어도 ○○○○는(은) 베고 죽는다.

칠판에 문제가 적히자 답이 쏟아져 나온다.

"일등예감(참고시)? 천국 입학은 성적순이 아니랍니다."

"저금통장? 신경 안 써도 남은 식구들이 알아서 잘 나눠 가집니다."

"민주 다리!"

장난스러운 석준이 녀석 때문에 교실이 떠들썩하게 아이들이 웃고 민주는 신경질을 부린다.

"민주가 싫대."

"사과나무? 내일 종말이 올지라도 사과나무를 심겠다는 말은 들어봤어도 심술궂게 베고 죽는다는 말은 첨 듣네. 힌트. 농사를 지어 살림을 꾸려나가시던 우리 할머니, 할아버지들께서 목숨처럼 소중히 생각하던 것입니다. 황소, 암소? 베개치곤 너무 커. 다시 힌트. 아무리 배가 고파도 다음 해 농사를 위해 이것만은 먹어버릴 수 없었습니다. 쟁기, 호미? 쟁기와 호미도 소중하긴 하지. 하지만 먹기는 좀 난감하잖아?"

"씨앗 모음!"

생각 깊은 현진이의 대답.

"바로 그거야. 우리 조상님들께서는 지금처럼 종묘사에서 씨앗을 사지 않으셨어요. 추수한 작물의 씨앗을 보관했다가 다음 해에 파종

하셨습니다. 쌀, 보리, 조, 기장, 수수 같은 곡물 씨앗을 담아두는 자루를 짚으로 엮어 만들었어요. 그 자루를 뭐라고 하느냐? 그게 문제입니다."

아이들이 도무지 답을 알아내지 못할 때 쓰는 방법은 낱말의 첫소리를 몇 개 알려주는 것이다.

씨, ㅇ, ㅈ, ㅇ.

"'씨'는 알려줬으니까 '오'로 시작되는 말을 찾아봐."

부산하게 국어사전을 뒤적이는 소리, 나도 조마조마하다. 낱말을 가장 먼저 찾아낸 민준이가 숨넘어갈 듯 다급하게 소리친다.

"씨오쟁이!"

"정답!"

아이들의 안타까운 탄식 속에서 민준이가 뛰어나와 교탁 위에 펼쳐놓은 선물 중에 가장 큰 공책을 골라 가고 씨앗 모음이라고 말한 현진이도 예쁜 펜 한 자루를 가져간다. 기쁘다. 씨오쟁이란 말을 알게 된 것도, 국어사전을 펴는 습관이 붙은 것도, 토종 씨앗을 대대로 이어가는 일의 중요함을 이야기할 수 있는 것도 모두 기쁘다. 그리고 나는 더 할 이야기가 있다.

씨앗을 받는 마음은 늘 황홀했다. 손톱만 한 호박씨, 수세미씨, 솔솔 뿌려지는 파씨, 상추씨 같은 채소 씨앗에서부터 까맣고 단단한 분꽃씨, 동글납작한 접시꽃씨, 씨방을 탁 터뜨리며 튀어나오는 봉숭

아꽃씨, 뾰족뾰족한 코스모스씨, 그런 꽃씨들에 이르기까지 내년을 기약하며 씨앗을 받고 있으면 새봄의 흙냄새가 코끝에 기억나면서 마음이 설렜다. 그런데 씨앗은 채소와 곡물과 꽃에게만 있는 것이 아니었다. 사람마다 그가 걸어간 발걸음에도 씨앗이 있다는 것, 평생을 궁구한 생각과 빛나는 정신의 씨앗이 있다는 것, 정말 하고픈 그 이야기 앞에 앉아 있는 이 아이들은 공책 한 권과 볼펜 한 자루에 눈을 빛내는 중학생이다. 몇 명이나 알아들을 수 있을까? 어디까지 이해할까?

인간과 모든 만물의 내면에는 덕성과 지혜의 빛이 있다고 한다. 대개의 사람들이 자기 안의 불씨를 발견할 겨를도 없이 살아갈 때, 그 빛의 기운을 느끼고 자기 안의 동굴 속으로 깊이 걸어 들어가 심지에 불을 붙이는 사람이 있다. 그런 사람을 춘추전국시대의 노자는 '성인(聖人)'이라고 불렀다. 성인은 자기 안의 빛을 본 사람이므로 다른 사람의 안에도 같은 것이 있다는 걸 안다. 그래서 함부로 사람을 버리지 않는다. 사람과 사물을 제멋대로 '쓸모가 있다, 없다' 하며 나누지 않는다. 그가 바라보는 것은 눈앞에 서 있는 이의 남루한 모습이 아니라, 그가 품고 있는, 아직 타오르지 못한 등불의 심지이다. 성인이 오직 그곳을 바라보므로 성인의 앞에 선 이도 마침내 그 눈길을 따라 자기 안의 빛에 시선을 돌리게 된다. 양초가 다른 양초에 불을 붙여주듯이 그렇게 면면히 지혜의 불꽃을 이어가는 일을 노자는

'습명(襲明)'이라고 했다.

조그만 중학생 아이들의 지혜를 신뢰하지 못하는 것은 내가 내 안의 등불을 보지 못한 때문이다. 그렇지만 네 영혼이 등불을 켜고 있다고 스승이 말씀하시니 내 안의 지혜를 믿으려 한다. 아이들의 안에도 내가 보지 못한 등불이 있다는 것을 잊고, 기억했다 다시 잊고 하면서 나는 살아간다.

"존경하는 스승님이 계신데, 스승님이 편찮으셔서 언제 돌아가실지 알 수 없게 되었어. 스승님과 함께 보낼 수 있는 시간이 얼마 남지 않았다면, 제자는 무슨 일을 하고 싶을까?"

아이들의 말대로 스승님과 멋진 여행을 할 수도 있고 맛있는 것을 사드릴 수도 있다. 개그콘서트를 보러 갈 수도 있다. 날마다 창가에 예쁘고 싱싱한 꽃을 담은 화병을 놓아드릴 수도 있다. 무위당 선생님과 노자의 『도덕경』에 대해 나눈 대화를 풀어 쓴, 『무위당 장일순의 노자 이야기』(삼인)의 저자 이현주 목사님은 스승과의 공부를 택했다.

선생님 몸에 암(癌)이 들었는데 병원에서 수술을 시도했으나 열었던 몸을 그냥 닫고 말았다는 말을 듣고 욕심이 일었다. 그래서 노자(老子)를 읽어주시지 않겠냐고 여쭈었더니 그러자고 하셨다. 선생님은 선생님 책으로 읽고 저는 제 책으로 읽되, 미리 읽고 궁리하는 일 따위 없기

로 합시다, 하고 말씀드렸더니 역시 좋은 생각이라고 그렇게 하자고 하
셨다.

첫 번째 퇴원을 하시고, 선생님 병원에 계신 동안 제자들이 틈을 내어
새로 도배한 당신 방에 돌아오셨을 때, 세간살이라고는 아무것도 없는,
말 그대로 방밖에 아무것도 없는 텅 빈 서재에 녹음기 하나, 찻주전자
하나 그리고 잔 두 개 가운데 놓고 마주 앉아서, 노자 첫 장을 펼쳤다.

그것은 오랜만에 만나는 아름다운 문장이었다. 첫 장의 짧고 담
담한 기록에서 짐작되는 제자들의 마음 씀, 품격 있는 스승의 삶, 스
승과 제자의 애틋한 교유, 그런 것들이 내 마음에 번져왔다.

제자들은 퇴원하여 돌아오시는 스승의 방을 깨끗하게 도배했다.
한 제자는 스승의 마지막 길을 동행하며 삶에 대한 성찰을 나눈다. 제
자는 스승의 마지막 길을 완성해드렸고 스승은 제자가 계속하여 걸
어갈 길을 다져주고 가셨다. 이렇게 아름다운 선물이 다시 있을까?

『도덕경』을 앞에 두고 나눈 장일순 선생님과 이현주 목사님의 이
야기 81편을 다 읽고 나니 두 해가 지나 있었다. 일주일에 한 번씩 친
구들과 만나서 『무위당 장일순의 노자 이야기』를 두 편씩 읽어나가
며 우리도 '이야기'를 나누었다. 학문을 한 것이 아니었다. 한자를 외
우지도 않았다. 우리 삶을 천천히 돌아보았다. 두 해가 지났을 때, 우
리 모두 자신이 조금 달라져 있다는 걸 느꼈다.

힘이 생겼구나.

사람을 함부로 재단하지 않을 수 있는 여유, 오래 기다릴 수 있는 여유, 옳고 그름을 알고 순간순간 길을 선택하지만 옳고 그름을 판단하는 나의 기준이 절대적이지 않다는 것을 아는 여유, 분노하지 않고 분노할 수 있는 여유, 나의 희로애락에 지나치게 끌려다니지 않을 수 있는 여유.

선생님은 씨앗을 뿌려주고 가셨구나.

공부라는 것은 빛나는 정신의 씨앗을 받아 전하는 일이구나.

"노자 이야기를 읽고 나서 나는 공부가 세상에서 가장 재미있다는 걸 알게 됐어. 사람으로 태어나서 해볼 만한 일이야. 공부를 하면 자유로워져. 안다고 생각했던 것들을 덜어내는 게 공부였어. 공부를 하면 크게 돼. 아무도 나를 해치지 못해. 크게 된다는 건 가장 작은 사람이 기꺼이 될 수 있다는 이야기야."

귀여운 우리 중학생들은 내가 선생님이라서 공부를 원래 잘하니까 그렇게 말씀하시는 거 아니냐고 따졌다. 할 수 없이 내가 얼마나 공부를 못했는가에 대해 이야기해줘야 했다. 그리고,

"장일순 선생님이 하루는 원주역 근처를 걸어가시는데 길에서 장사를 하시는 할머니 한 분이 울고 계시더래. 딸아이 결혼자금을 쓰리 맞았다고. 쓰리 맞았다는 건 날치기 도둑한테 빼앗겼다는 이야기야. 장일순 선생님은 날마다 원주역에 가서 깡패들을 붙잡고 할머니

사정을 이야기했대. 찾아달라고. 며칠 안 돼서 견디다 못한 쓰리꾼이 쓴 돈 얼마가 빠진 나머지를 돌려주었대. 장일순 선생님은 자기 돈을 채워 할머니께 드린 뒤에 쓰리꾼에게 진심으로 사과하셨대. 영업을 방해해서 미안하다고. 그것이 가장 낮은 사람이 될 수 있는 큰 사람 이야기야."

아이들이 자라서 장일순이라는 이름을 들을 기회가 온다면, 언젠가 들어본, 낯설지 않은 이름이라 생각하며 관심을 가질 수도 있지 않을까, 그의 삶을 만나기가 수월하지 않을까.

성인이 못 되는 선생이지만, 성인의 말씀을 믿고, 아이들 안에 있는 따스한 지혜의 빛을 신뢰하며 씨앗을 뿌려보는 일, 선생으로 살아가는 동안 해야 할 일이라고 생각한다.

소나무 꼭대기의 고양이

카페들이 늘어선 서울의 좁은 골목에서 쓰레기 더미를 뒤지는 비둘기 한 마리를 만났다. 비둘기는 한쪽 다리로만 총총 뛰었다. 다른 쪽 발은 'ㄱ' 자로 꺾여 있었다. 가만 보니 어디서 엉켰는지 가느다란 발목에 철사가 칭칭 감겨 그쪽은 이미 색깔이 변해 있었다. 내 발목이 조이는 듯 아팠다. 새라기보다 한 점의 고통이 힘겹게 목숨을 부지하고 있는 걸로 보였다. 나도 맞지 않는 구두를 신고 말할 수 없는 고통을 참으면서 걸어야 했던 적이 있었다. 그날 몸살을 앓았다. 사람이든 새든 물고기든 관계없이 통증은 가능한 한 빨리, 조건 없이

76

없애줘야 한다. 그것이 생명에 대한 가장 기본적인 사랑이라고 생각한다. 얼른 잡아서 철사를 풀어내고 동물병원에 데려다줬으면 좋겠는데 강아지와 고양이, 물고기와 새를 만져본 일이 없는 내가 비둘기를 붙잡기는 쉽지 않았다. 치료한 다음엔 어떻게 하나? 새장에 넣어서 집에 데려가야 하나? 아주 소극적으로 서성거리는 동안 다리 아픈 비둘기와 나는 속절없이 헤어졌다. 미안함을 넘어 열등감, 자괴감, 서러움이 울컥 솟았다. 나는 왜 이렇게 생겼을까, 왜 늘 중간에서 서성일까.

그다음 주 서산의 어느 중학교에 강의하러 가게 되었다. 가보니 뜻밖에도 오수익 선생이 근무하는 학교였다. 오 선생은 휴직 중이어서 학교에 없었다. 어머니 장례식장에서 만난 뒤, 주위의 안부도 묻지 못하고 경황없이 몇 달 지냈는데 그사이 어디가 아팠던 모양이었다. 강의를 끝내고 전화를 했다.

"언니! 나, 암이야."

그런 말을 그렇게 힘찬 목소리로 전하다니, 만감이 교차했다. 20여 년 전, 우린 서산중학교에 첫 발령을 받은 신임 교사였다. 같은 학교에 있는 총각 선생을 마음에 두기 전까지 오 선생의 영혼은 100퍼센트 아이들에게 사로잡혀 있었다. 연인이 생긴 후에 그의 영혼은 200이 되었고 그중의 100은 여전히 아이들에게 있었다. 수업 시간은 말할 것도 없고 쉬는 시간, 점심시간, 방과 후까지 오 선생은 아이들과 북적거렸다. 오 선생의 미술 수업은 '말하기'였다. 말하기의 재료는 무궁무진했다. 공차기, 못 박기, 발바닥에 물감 바르고 광목천 위에서 놀기, 연날리기, 제기차기, 아이들은 신나게 놀면서 자기를 표현했다.

오 선생 집에 거의 다다랐을 즈음, 동네를 한 바퀴 뛰는 중이라는 오 선생의 남편 김 선생님(그때 그 총각)을 만났다. 웃으면서 먼저 가 있으라 하고, 그는 가던 길을 다시 달려갔다. 얼굴이 어둡지 않았다.

미술 선생답게 진한 노랑과 보라색을 과감하게 칠한 집에서 갈래머리 오 선생이 바구니를 끼고 웃는 얼굴로 나왔다. 텃밭에 가서 채소를 좀 따고 집에 들어가 늘 그랬듯이, 수다를 떨어댔다. 다행스럽게도 경과가 좋은 수술 이야기도 하고, 운동을 시작한 김 선생님 이야기도 하고 그랬다. 오 선생 집에 고양이가 두 마리나 있었다. 애완동물을 불편해하는 점에서 나와 한편이었던 김 선생님이 전과 다르게 두 마리의 고양이에 대해 너그럽다는 것이 느껴졌다.

"고양이 이야기가 나왔으니 말인데⋯."

오 선생 부부는 여행하다가 문경새재에서 꼬리가 잘려 썩어 들어가는 길고양이를 만났다고 했다. 김 선생은 못마땅했겠지만, 모른 척할 아내가 아니므로 할 수 없이 혹을 달고 돌아왔다. 꼬리 아픈 고양이는 서산 동물병원에서 치료를 받고 살아났다.

"언니야. 사람들은 고양이 목소리가 다 같은 줄 알지만, 아니야,

다 달라. 나는 어떤 고양이가 우는지 소리 들으면 다 알 수 있어."

그런 사람이라서 오 선생 집엔 지나가던 고양이, 배고픈 고양이, 그 고양이의 친구 등등 동네 고양이란 고양이는 다 모여들어서 밥을 먹고 가는 모양이었다. 그런데 이상하게도 날마다 오는 고양이 한 마리가 해가 저물도록 안 나타났다고 한다. 걱정되어서 여기저기에 대고 손나팔을 만들어 불렀더니 숲 쪽에서 대답이 오더라는 것이었다. 오 선생은 고양이가 뭔가 두려워하고 있다는 걸 느꼈다. 다음 날도 고양이는 오지 않았다. 아픈 아내가 스트레스를 받을까 봐 김 선생이 아침 일찍 고양이를 찾겠다고 앞장서서 숲으로 들어갔다. 무엇엔가 쫓겨 고양이는 쭉 뻗어 올라간 육송 꼭대기에 앉아 있었다. 겁에 질려서 아무리 달래도 내려오지 않았다. 사다리를 놓아도 손이 닿기 어려운 높이였다. 119에 신고했더니 고양이를 구출하러 출동하지는 않는다고 했다. 사다리차를 불렀다. 사다리차 아저씨가 무엇 때문에 그러시느냐고 물었다.

"그냥 저를 바구니에 태워서 잠깐만 들어 올렸다가 땅에 내려주시면 돼요."

한 번 운행하면 15만 원인데 괜찮으냐고 묻고 마침내 사다리차가 왔다. 고양이는 바구니를 타고 나무 꼭대기까지 저를 데리러 온 오 선생의 품에 안겼으나 내려오자마자 주변에 웅성거리는 사람들을 보고 긴장하여 도망쳐버렸다. 사다리차 아저씨가 안타까워서 어쩌면 좋으냐고 발을 굴렀다. 오 선생이 웃으면서 괜찮다고 곧 밥 먹으러 올 거라고 안심시켜드렸다. 사다리차 아저씨가 아주머니 마음이 참 곱다면서 출동비 15만 원에서 5만 원을 깎아주었단다.

"한 생명을 구하는 데 10만 원밖에 안 들었어, 언니."

내가 어디서 또 이런 말을 들을 수 있을까. 지금쯤 다리에 철사가 감긴 비둘기는 어느 골목에서 쓰러졌을지도 모른다. 오수익 선생같이 지극하고 아름다운 벗들과 아이들과 고양이, 아프고 건강한 온갖 생명들이 함께 있는 온갖 장소들, 신은 포기하지도 않고 내게 왜 이런 귀한 것들을 여전히 허락하시는 걸까.

마음의 탕약

아이들은 마음이 아파서 몸이 아프다

충남 청양군 정산면 시장 끄트머리에 조그만 중학교가 있다. 언뜻 보기엔 예쁘고 아담한 시골 학교지만 전교생이 150명 정도로 청양에서는 두 번째로 큰 학교이다. 그 안에 일진도 있고 왕따도 있고, 이 패거리 저 패거리가 얽혀 하루도 조용할 날이 없는, 만만치 않은 삶의 현장이다.

이 학교에 처음 부임한 날 보건실 열쇠와 교무실에 있는 약품 상자 열쇠, 한 상자는 족히 되어 보이는 공문서 파일이 국어 선생인 내게 덤으로 넘어왔다. 3월 초부터 보건 관련 공문이 날아와 쌓이고, 쉬는 시간마다 아직 이름도 익히지 못한 낯선 아이들이 머리가 아프다, 토할 것 같다, 보건실에 누워 있겠다, 하면서 찾아왔다. 갑자기 보건 담당 교사가 된 나보다 녀석들이 더 능숙했다. 체육 시간에 무릎이 까져서 온 아이에게 소독약을 바르고 있으면 데리고 온 아이가 거즈에 '마데카솔'을 척척 발라 내밀었다. 열이 난다는 아이의 이마를 손으로 짚었더니 약품 상자에 체온계가 있다면서 가져오고, 머리가 아프다는 아이에게 뭘 어찌해줘야 하나 고민하고 있으면 "타이레놀 두 개 주세요. 전 60킬로그램이 넘으니까 두 알 먹어야 해요" 하고 가르쳐주었다.

아픈 아이가 늘 아프다는 걸 처음엔 몰랐다. 아이들은 마음이 아파서 몸이 아팠다. 괴롭힘을 당하거나 자존심에 상처를 입거나 친구 관계에 문제가 생길 때 보건실을 들락거렸다. 날마다 오다시피 하는 아이들에게, 나도 잘 먹지 않는 약을 달라는 대로 줄 순 없었다. 귤, 사과, 떡 같은 간식이 교무실에 들어오면 서랍 속에 넣어두었다가 약 대신 쥐어주고 간식이 없을 땐 비타민을 주었다. 아프다고 인상 쓰던 얼굴이 어떻게 그렇게도 빨리 펴지는지.

"건강원 딸내미가 날마다 아프다니 말이 돼? 엄마가 칡즙, 양파즙, 호박즙, 흑염소, 좋은 약을 얼마나 많이 달이시는데. 엄마가 달인

약 먹어."

"싫어요, 엄마 약은 맛없어요."

"타이레놀은 맛있고?"

아이들의 세상도 어른들의 것 못지않게 삭막하지만 그래도 아이들은 아직 눈동자가 까맣고 깨끗하다.

"정말 정말 약을 먹고 싶어?"

아픈 아이의 손을 잡고 흔들면서 물으면 고개를 가로젓는다.

"집에 일찍 가서 쉬고 싶어? 조퇴시켜줄까?"

"아니요."

"그럼 따뜻한 차 한잔 우려줄 테니 마시면서 한 시간 더 있어볼래?"

"네."

찻잔을 손에 받쳐 들고 나가는 아이들의 뒷모습은 참으로 작고 가냘프다. 그 온순한 음성과 표정이 귀하고 고맙다. 엉터리 약국을 하는 동안 옆에 앉은 김흔정 선생님에게 칭찬을 들었다. 아이들을 귀찮아하지 않고 짜증 부리지 않는 약사라고. 그건 김 선생님이 몰라서 하는 말이다. 나도 쉬는 시간이 필요하고 공부도 해야 하기 때문에 바쁠 땐 도서실로 달아났다. 안에서 문을 걸어 잠그고 칸막이 커튼 뒤에 숨어서 일하는데도 놈들은 귀신같이 알고 쫓아와서는 도서실 문이 부서져라 잡아 흔들면서 거기 있는 거 다 안다고 소리를 질

러댔다. 어휴, 저것들을 그냥….

선생이 신(神)이 아닌 게 어쩌면 다행인가? 위안 삼아 해보는 생각이다. 내겐 허상이 많았다. 나의 지독한 허상은 '행복'이었는데, 어린 시절부터 쌓아 올린 행복의 모습이 너무나 뚜렷하고 구체적으로 높아서 행복이 도리어 짐이었다. 새겨보고 다시 짚어보고 흔들리고 또 흔들리고 거듭 꺾이면서 유연해지지 못한 신념은 자칫 화근이 된다. 온갖 허방을 디딘 끝에 나는 할 말이 많지 않은 사람이 되어 있었다. 서른 살 언저리에는 여러 장소에서 학급 운영, 교육 실천 사례를 이야기했다. 멋모르고 한 일이 많았으니 할 말도 많았을 것이다. 이제 쉽게 가족 신문 만들기나 부모님 전기문 쓰기를 하지 않고, 아이들을 상담할 때도 그들이 이야기하지 않는 부분에 대해선 굳이 캐묻지 않으며, 가정방문도 원치 않으면 하지 않는다. 이것이 교사로서 옳게 하는 일인지 아닌지는 나중에 가봐야 알 일이다. 다만 말하고 싶지 않은 것을 그늘처럼 드리우고 있는 아이들에게서 내 모습을 본다. 내 마음으로 미루어 아이들의 마음을 짐작한다.

처음으로 내 몸을 보다

"몸이 아픈 건 괜찮아, 치료하려고 애를 쓰니까. 무릎이 조금만 까져도 이렇게 금방 쫓아오잖아. 코피만 나도 금세 죽을 것처럼 난리를 치고. 그런데 마음이 병들면 어때? 삶을 포기하려고 하지? 몸이 아픈 것보다 더 심각해. 그래서 우리는 마음도 몸처럼 돌봐야 해. 마음이 왜 아픈가 물어봐주고 위로해주고 격려해줘야 해."

"아무도 안 물어봐주면 어떻게 해요?"

"마음에 대해선 자기가 물어봐야 하는 거야."

"선생님도 선생님 마음한테 물어봐요?"

"나도 잘 안 물어봐서 병났다."

"그래도 선생님은 누가 안 괴롭히잖아요."

"내가 괴롭힌다."

소독을 하고 마데카솔을 바르고 거즈를 붙여주면서, 찻물을 내려주면서 아이들과 도란도란 이야기하는 것이 좋다. 녀석들은 선생이 무쇠 팔, 무쇠 다리를 달고 있는 줄 안다. 선생도 마음을 들볶아서 병을 안고 골골거리는 약한 존재라는 걸 모른다.

어느 날 보건 시간에 마음을 먹고 칠판에 자궁을 커다랗게 그렸다. 난소도 그려 넣었다. 내가 가장 구체적으로 경험한 몸을 설명하기로 했다. 학교에서 가장 중요하게 가르쳐야 할 것이 '몸과 마음'이라고 뼈저리게 느꼈다. 그래서 보건 업무가 나한테 왔는지도 모르겠다. 나는 어른이 되어서도 내 몸 안에 있는 난소의 역할을 몰랐다. 아기 낳는 데 필요한 기관이라는 정도만 알았다. 두 개의 난소를 차례로 제거하고 온몸이 무너지는 것 같은 통증과 불면과 갱년기 증상에 시달리면서야 나의 무지가 남 일처럼 놀라웠다.

"난소는 난자를 생산하는 기관이기도 하지만, 그만큼 중요한 또 하나의 역할은 여성호르몬을 분비한다는 거야. 여성호르몬이 분비되지 않으면 몸 전체의 균형이 무너지고 생명력이 약화돼. 나는 난소 두 개가 너무나 큰 혹이 되어서 수술할 수밖에 없었어. 병원에서 암일 가능성이 높다고 해서 떼었는데, 다행히 암은 아니었지만 호르몬제를 먹지 않으면 온몸이 아프고 잠도 안 오고 얼굴이 달아올라서 견딜 수가 없어. 갱년기 증상이라는 거지. 그건 단지 얼굴에 주름살이 생기는 정도가 아니라 장기의 노화도 말하는 거야. 호르몬제를 먹으면 유방암, 갑상선암, 자궁암이 생길 확률이 높아져. 그래서 나는 검사를 정기적으로 받아야 한단다. 여학생들은 늘 배를 따뜻하게 보호해야 해. 배꼽 내놓고 다니는 것, 보기에는 멋있어 보일지 모르지만 좋지 않아. 배만 따뜻하게 해줘도 여자들의 병을 많이 예방할 수 있대."

"근데 그 병은 왜 생기는 거예요?"

아이들이 물었다. 글쎄, 나도 얼마나 많이 물었는지 모른다. 도대체 왜 이런 병이 나에게 왔을까? 병원에서는 여자들에게 흔한 병이라고만 했다.

"나도 모르겠다. 한 가지 반성은 하고 있어. 너무 몸을 혹사했다는 것. 주차장에 차를 세우면 집에 올라갈 힘이 없어서 차 안에서 이삼십 분씩 자야 할 만큼 피곤하게 살았다는 것과 마음을 너무나 괴롭혔다는 것. 위장병에 걸려보니 알겠더라. 화가 나면 속이 너무나 쓰려. 긴장해도, 기분이 나빠도, 뭘 걱정해도 위가 아픈 걸 느낄 수 있었어. 마음이 몸이야. 나는 행복하지도 않고 평화롭지도 않고, 사는 게 그랬어."

선생이 행복하지 못했다는 것을 중학교 어린 학생들에게 이야기해도 좋은 것인가? 그러나 나를 꽁꽁 숨기고서는 몸의 병이 마음의 메시지라는 것을 이야기하기 어려웠다. 병이 나자 시계의 초침이 조용해졌다. 몸이 아프니 마치 안개가 걷힌 듯, 그 복잡하고 괴로웠던 일들이 관심 밖으로 사라졌다. 병을 치료하는 것 이외에 당장 해결해야 할 일이 없었다. 먼 곳을 향해 늘 목마르던 시선을 거두어 처음으로 몸을 내려다보았다.

'뭘 하고 있었지?'

그렇게 정신없이 숨 가쁘게 살았는데 이런 어처구니없는 생각이 드는 것이었다.

'뭘 그리 고민하고 괴로워했지?'

오랜 시간 어린애처럼 붙들고 있는 행복이란 말을 떠올리자 웃음이 나왔다. 행복은 뭐고 불행은 또 뭔가? 그것이 도대체 무슨 차이인가? 이렇게 뒤늦게 유치원을 졸업하는 것이구나. 병이란 원점에 다

시 서게 하는 힘이 있었다. 아프지 않고서는 배울 수 없고 가르칠 수
는 더더욱 없는 것이었나 보다.

아프지 않고서는 배울 수 없는 것들

"선생님, 우리 집에 가요."

녀석의 초대를 받았다. 주방과 냉장고를 청소해야 한다면서 가정
방문은 절대 안 된다고 하던 녀석이다.

"엄마가 드디어 주방과 냉장고 청소를 끝내신 거야?"

"엄마가 매일 아파서 걱정이에요."

그러고 보니 녀석은 자주 엄마가 MRI를 찍는다, 내시경을 한다
하면서 눈물을 글썽거리곤 했다. 청소는 핑계였던 듯, 살림은 잘 정
돈되어 있었다. 급하게 대청소를 한 분위기는 아니었다. 엄마는 고
운 분이었다. 신장이 좋지 않아서 몸이 자주 붓는다고 했지만 밝고
소탈하셨다. 행방불명이 된 지 오랜 아빠와 호적을 정리하고 나서
엄마는 슬피 울었다고 했다. 딸이 눈이 동그래져서 왜 우느냐고 묻
기에 "네가 이제 아빠도 없는 아이가 되었다"고 하자, 별걸 다 가지
고 운다는 듯 엄마 어깨를 툭 치면서 "그런다고 울어?"라고 말했단
다.

"그래놓고 제가 조금만 아파도 엄마 죽을까 봐 벌벌 떨어요. 이제 천지간에 저하고 나, 둘밖에 없으니까요."

녀석이 그동안 담임선생인 내가 하는 말, 사소한 행동 하나하나를 엄마에게 부지런히 물어 나른 덕분에 엄마와 나는 오래 만난 사람들 같았다. 하루는 녀석이 학교 현관문에 코를 박았다. 코뼈가 부러진 것 같다면서 눈물을 뚝뚝 흘렸다. 엄마는 초등학교 급식 조리원이기 때문에 시간을 내기 어려우셨다. 퇴근하는 길에 데리고 공주병원에 가서 엑스레이를 찍었다.

"걱정 마. 부러졌으면 수술하지. 덤으로 콧대도 세우고."

다행히 코는 이상이 없었다. 코뼈가 무사한 기념으로 레스토랑에 가서 둘이 분위기 있게 저녁을 먹었다. 녀석이 종알거렸다.

"근데요 선생님, 난소가 없으면 이제 아기도 못 낳아요? 큰일 났네."

아기는 무슨, 내 나이가 몇인데.

"그러게 말이야. 네가 내 딸 해라."

"엄마한테 여쭤보구요. 우리 엄마도 저 하나밖에 없는데 어떻게 해요?"

"어때? 엄마가 둘이면 더 좋지."

엄마는 아주 좋아하면서 허락하셨다고 한다.

날마다 호르몬제를 한 알씩 삼키면서, 한 달에 한 번씩 병원에 가서 검진을 받으며 생각한다. 도대체 왜 이런 병이 나에게 왔을까? 선생이니까 좀 아픈 것도 괜찮다, 하고 대답해본다. 오늘 나는 백석(白石)의 시를 한 편 읽었다. 「탕약(湯藥)」이라는 시였다.

눈이 오는데
토방에서는 질화로 우에 곱돌탕관에 약이 끓는다
삼에 숙변에 목단에 백봉령에 산약에 택사의 몸을 보한다는 육미탕
이다
약탕관에서는 김이 오르며 달큼한 구수한 향기로운 내음새가 나고
약이 끓는 소리는 삐삐 즐거웁기도 하다

그리고 다 달인 약을 하이얀 약사발에 밭어놓은 것은
아득하니 깜하야 만년 넷적이 들은 듯한데
나는 두 손으로 고이 약그릇을 들고 이 약을 내인 넷사람들을 생각하
노라면
내 마음은 끝없이 고요하고 또 맑어진다

이 세상에 왔다 간 수많은 사람들, 그들도 앓고 회복하면서 살았다. 오래오래 약을 달이면서 정성껏 삶을 보했던 옛사람들을 떠올린다. 먼저 앓은 분들은 스승이다. 담담히 함께 앓는 이들도 스승이다.

크고 작은 병에 낙담하지 않고 마음을 다그치지 않고 고요할 수 있는 스승들의 삶을 닮아가고자 하는 것이 내 삶의 탕약이다. 내 앞에 있는 어린아이들과, 내가 사랑하고 의지하는 사람들, 그리고 나를 격려하면서 불안함, 두려움, 초조함, 외로움 같은 것들을 고요하고 맑게 받아내리라고 생각한다.

모두 다 사라진 것은 아니다

✳

들밥 광주리의 빨간 고추장 대접. 혀의 추억은 남았는데 그 맛을 표현할 수 있는 언어가 내게 생기기 전에 다디단 요즘 고추장과는 맛이 달랐던 그 고추장은 사라졌다. 밭두둑을 걸어오던 들밥 광주리와 함께, 광주리를 떠받치던 볏짚 똬리와 함께, 똬리 끄트머리의 짚 끈을 입에 물고 걷던 아낙들도 함께. 엄마는 고추장 양념도 싫어하고 '꼬치장'이라는 맛있는 말도 싫어했다. 할머니를 따라가 들밥을 먹을 때 황홀했던 고추장 대접의 찰진 회오리, 그런 꼬치장은 영영 우리 집 것이 될 수 없다는 사실이 결핍감, 소외감, 낙오감 같은 내

정서의 한 원인이 되었다고 젊은 날의 나는 가끔 생각했다.

그리고 골방 라면. 막걸리를 담은 주전자 위에 뚜껑 대신 얼갈이 열무김치 대접을 올리고 주전자 부리에 젓가락을 꽂아주며 혜수 엄마는 아버지 일하시는 밭에 갖다주고 오라고 하셨다. 우린 막걸리를 찰랑거리며 밭에 참을 내고 와서 다시 골방으로 기어들었다. 윗방 옆에 코딱지만 하게 붙은 골방은 이 세상 어디에도 없는 천국이었다. 허드레 물건을 가져갈 때 말고는 어른들이 드나들지 않는 그곳에서 종이 인형을 오리고 그림을 그리고 숙제를 하고 아줌마 말대로 끝없이 새새거리면서 놀았다.

라면의 마지막은 석유곤로에서 내린 냄비 속에서 익어야 꼬들꼬들 맛있었다. 냄비를 들고 골방으로 들어가면 아줌마는 넓은 방, 넓은 마루 놔두고 왜 그 좁은 데를 기어 들어가느냐고 하셨다. 어른들은 무슨 재미로 살까? 그게 참 궁금했다. 김치도 필요 없던 라면, 냄비 뚜껑 위에 얹어 먹으면 더 맛있던 라면, 냄비 뚜껑을 늘 양보해주던 혜수, 그 라면도 골방도 이제 없다.

혜수 오빠가 고향에 집을 지으셨다. 어머니 두 분, 동무 삼아 고향에서 여생을 보내시라고. 그러나 우리 엄마도 혜수 엄마도 그 집에 들지 못하고 세상을 뜨셨다. 늘 책을 읽던 내 친구 혜수는 스님이 되었다 한다. 눈이 크고 맑고 착한 스님일 것이다.

그리고 또, 잘 삭은 겨울날의 진잎비빔밥. 동치미의 무청을 진잎이라 했다. 아직 전기가 들어오기 전엔 천장 아래 호야등을 거는 철사가 대각선으로 매어 있었다. 낮엔 모서리에 밀어놓았던 호야를 방 가운데로 끌어당겨 밥상 위를 비추게 하고 저녁을 먹었다. 그래서 우린 '등잔 밑이 어둡다'는 말을 안다. 호야의 그림자가 드리운 밥상에서 쫑쫑 썬 진잎김치에 참기름 떨어뜨리고 고추장에 비벼 먹는 밥이 제일 맛있었다. 더 밝고 덜 밝은 구석이 없이 방 전체를 똑같은 빛으로 통일하는 전기가 들어왔을 때, 뭔가 들킨 것처럼 어색하고 당황스러웠다. 온몸을 드러내고 싶지 않을 때도 있는 법인데. 귀신과 도깨비 이야기를 들으면서 이불 속으로 포근하게 숨는 안도감도 없어졌다. 어린 나였지만 진잎비빔밥은 호야 아래서 먹는 게 맛있다고 생각했다.

잘 늙은 호박. 채 선생님이 따주신 늙은 호박 네 덩이 중 하나는 추석에 왔던 울산 동생이 얻어 갔다. 하나는 공산성 아래 사는 친구가 호박풀떼기를 쑤기로 했다. 나머지 두 개 중 하나를 오늘 갈랐다. 속을 파내고 껍질을 벗겨 갈아서 호박전을 부쳤다. 고난도의 부침개였으나 달콤하고 아삭아삭했다. 새참이 떠오르고 고추장과 얼갈이 열무에 진잎까지, 생각의 줄기가 시간을 거슬러 올라가는 걸 보면 맛있는 것은 모두 가난했던 그 옛날에 다 먹어버린 것 같다. 남아돌지 않아 맛있고, 들에서 먹어서 맛있고, 먹을 입이 많아서 맛있던 것들. 그리고 그것을 같이 먹던 사람들.

어떻게 너는 니 엄마가 해준 것은 기억에 없니?

엄마의 목소리가 들리는 것 같다. 엄마의 솜씨는 고급졌다. 적당히 삶은 달걀들을 매만져서 새알처럼 동그랗게 만든 뒤 노랗고 붉은 식용색소에 물들이고 아스파라거스에 새알처럼 앉혀 소풍 도시락을 싸주는 분이었다. 김밥은 태극무늬로 말았다. 가로세로로 잘게 칼집을 넣어 펼친 단무지는 바다의 산호 같기도 하고 말미잘 같기도 했다. 엄마는 그 시골에 어울리지 않는 영혼을 가진 사람이었다. 선생님들은 꽃다운 도시락을 받고 아까워서 먹지 못하겠다 하셨다. 그 말 한마디가 엄마에겐 잠시 보상이 되었을 것이다.

그러나 나는 엄마의 다른 밥상을 품고 있다. 냄비째 족히 열 번쯤은 상에 오른 고등어조림.

조치원 봉암리의 어느 집 곁방에 살던 때였다. 웃는 얼굴이 떠오르는 걸 보니 그때 아버지와 엄마는 사이가 좋았던 것 같다. 우리 집으로 들어가는 문은 군인 막사처럼 국방색 천막이었다. 먹고 또 먹어서 가시만 남은 고등어조림 냄비에 눌어붙은 양념을 긁어 먹는 게 얼마나 좋았는지. 엄마는 양은 냄비를 긁는 자식 때문에 짠했을지도 모르지만 나는 엄마가 해준 반찬들 중에 오로지 고등어 냄비의 기억이 행복하다. 어른과 아이의 세상은 그렇게도 다르다는 것을 나도 잊고 사는 어른이다.

서로 연락이 끊어지고 삼십 년이 지났다. 다툰 것도 아닌데 그냥 멀어졌다. 친구를 변함없이 곁에 둔다는 것은 삶이 솔직하고 꾸준하고 순박하다는 증거이다. 나는 오랜 시간 젊었고 오랜 시간 철이 없었다. 곧 혜수를 만나지 않을까, 하는 예감이 든다. 우리 둘 다 엄마도 없고 아버지도 없고 골방도 없고 그러니 들판에서 풀처럼 새처럼 만나지 않을까.

어눌한 이야기

    외갓집에서 국민학교에 다니던 시절에 나는 말이 없는 아이였다. 말을 하지 않아도 불편하지 않았다. 통지표 가정통신란에 1, 2학년 담임선생님들께서 똑같이 '말이 전혀 없으며'라는 구절을 써넣으실 정도였다. 지금 부모님들 같으면 자폐증을 의심하면서 병원에 데려갔을 것이다. 외할머니는 담임선생님이 가정방문을 다녀가신 뒤에,

    "학교에서 말을 안 햐? 집에서는 하잖어."

    하셨을 뿐이다. 나는 구체적인 상황들과 분리되어 내 속에만 있

었다. 또래 아이들과 다르게 아직 고치 안에 있는 번데기같이 미숙한 존재였다. 학교도 대강 다녔다. 비가 오고 바람이 사납게 불어서 걷기 힘든 날은 뭉그적대다가 늦게 갔고 별일 없는 날은 또 너무 일찍 가서 혼자 운동장에 고인 살얼음을 밟아 깨면서 놀았다. 담임선생님이 숙직실에서 나오셔서 왜 이렇게 빨리 학교에 왔느냐고 묻기도 하셨다. 나는 대답이란 걸 할 줄 몰랐다. 할 말을 억지로 참은 것이 아니었다. 말이 아직 생기지 않았던 것이다. 그 시절의 아이들은 말 안 하는 아이를 따돌리지 않았다. 종례 때 담임선생님이 말문을 열어주시려고 반 아이들 앞에서 "차렷, 선생님께 경례!"를 시키시면서 네가 그 말을 하지 못하면 다른 아이들도 모두 집에 못 간다고 하셨다. 아이들은 어서 말을 하라고 발을 동동 굴렀다. 그럴수록 입이 얼어붙었다. 그것 말고는 말을 안 한다고 괴롭힘을 당한 기억이 없다. 그런 세상은 이제 없을 것이다. 내 아이가 다른 아이들과 좀 다르다고 유난스럽게 걱정하지도 않고, 무리 중에 그런 아이가 끼어 있어도 스스로 고치를 찢고 나올 때까지 그냥 그런가 보다 하고 내버려두는 세상 말이다.

아버지는 군인이었다. 어느 날 아버지가 군인 아저씨들을 시켜 나를 외가로 보냈다. 엄마와 아버지가 살던 집이 좁았는지, 그때 동생이 태어나서 나를 돌봐주기 힘드셨는지, 왜 그랬는지 모르지만 내 뜻과 상관없이 외가에 맡겨졌다. 낯선 군인 아저씨들의 지프에 실려

가면서 울고불고 몸부림을 쳤다. 우리 집은 조치원 근방이었고 외할머니 댁은 연기군, 지금의 세종시였다. 처음엔 달래주던 아저씨들이 금강 다리를 건널 즈음엔 협박했다.

"자꾸 울면 강에 던져버릴 테다."

울음이 뚝 그쳐졌다. 그때부터 외가에서 자랐다. 가끔 아버지와 엄마가 다녀가면 몹시 힘들었다. 따라간다고 떼를 쓰지는 않았다. 해서는 안 되는 일이라고 생각했던 것 같다. 아버지께서 오셨다가 점심을 먹고 돌아가시던 날, 밥이 잘 안 넘어갔다. 헤어지는 게 싫었던 것이다. 아버지가 밥에 물을 말아주었다. 그것을 트집 잡아서 까탈을 부리기 시작했다.

"물밥 안 먹어!"

외할머니가 아버지를 나무랐다.

"왜 애한테 물어보지도 않고 물을 말아?"

아버지가 사과했다.

"미안해. 아버지 밥 먹어. 아버지가 물밥 먹을게."

그 말이 또 어린 내 마음을 너무나 미안하게 하고 아프게 했다. 급기야 울음을 터뜨렸다. 아버지가 미안해하는 게 괴로웠다. 어른들은 물에 밥을 말아서 그러는 줄 알았을 것이다. 내 감정보다 부모의 심정을 먼저 챙기는 어린 마음은 어디에서 비롯되는 것일까? 나중에 딸아이에게서 그와 같은 면을 발견했을 때 슬픔이 솟아오르는 걸 느꼈다.

낮에는 할머니를 따라다니면서 잘 놀았는데 날이 어둑어둑해지
면 뭐라고 표현할 수 없는 감정이 밀려왔다. 개울물 소리도, 라디오
소리도, 개구리 소리도 낮에 듣던 소리와 달랐다. 낮엔 들리다 말다
하던 그것들이 밤엔 선명하게 가슴을 파고들었다. 아득하고 쓸쓸했
다. 그때 내가 슬프다는 말을 썼다.

"할머니, 왜 밤이 되면 슬퍼?"

어디서 배웠는지 어린애가 슬프다는 말을 쓰는 걸 보고 할머니가
나를 엄마한테 며칠 데려다주었다고 한다. 할머니, 할아버지 손을
잡고 국민학교에 들어가고 1학년 마칠 때까지 외가에서 살았다. 그
러는 동안 엄마 집보다 할머니 집에 더 익숙해졌다. 날마다 할머니
의 품에 안겨서 젖을 만지면서 잠들었다. 어느 날 밤에 어둠 속에서
잠을 깼는데 손 안에 몽글몽글한 것이 있었다. 그것을 할머니의 젖
꼭지라고 생각했다. 이상하다, 왜 할머니의 젖이 떨어졌지? 손끝으
로 할머니의 젖꼭지를 굴리다가 다시 잠이 들었다. 아침에 일어나,

"밤에 할머니 젖꼭지가 떨어졌어."

했더니 할머니가 웃었다.

"할머니 젖꼭지가 왜 떨어져. 잘만 붙어 있구먼."

아마도 말랑말랑한 벌레 같은 것을 만진 것이 아니었을까 모르겠

다. 할머니가 아니라고 해도 할머니의 젖꼭지가 이제 없다고 굳게 믿어서, 낯설어진 할머니의 젖을 다시는 만지지 않았다. 그러나 할머니의 팔을 베고 누우면 원래 있어야 할 자리에 있는 것 같았다. 가끔 만나는 엄마보다 할머니를 더 따랐고 할머니하고 있을 때가 더 포근했다. 그러나 엄마는 엄마였다. 엄마 젖을 만진 기억도, 등에 업힌 기억도 없다. 내 밑으로는 동생들이 넷이나 되었다. 그래도 국민학교 2학년 때 엄마와 같이 살기 시작하면서 엄마의 존재가 주는 안정감이 내게 말을 가져다주었다. 3학년 때부터는 학교에서도 조금씩 말을 시작했고 4학년 때는 공부 시간에 떠들어서 선생님께 꾸중을 들은 적도 있었다.

나는 거의 모든 것을 엄마에게 배웠다. 꽃 이름, 나무 이름, 새 이름, 낱말의 뜻, 엄마는 모르는 것이 없는 것 같았다. 엄마는 일기를 썼다. 엄마가 일기를 쓰는 걸 보면서 나의 글쓰기가 시작되었다. 엄마가 들여놓은 자연백과사전 전집과 역사만화, 각종 백일장에서 상을 탄 아이들의 글을 모아놓은 『푸른 교실』이라는 책이 나를 마법의 세계로 이끌었다. 학교에 다녀오면 곧바로 다락방으로 올라갔다. 거기에 그 책들이 있었다. 다락방에 엎드려서 얼마나 되풀이하여 읽었는지 제본 상태가 좋지 않은 책이 낱장으로 흩어졌다. 학교에 도서실이라는 곳이 있다는 것을 알게 된 뒤에 내 세상은 다락방에서 도서실로 옮겨갔다. 점심시간이 되면 무조건 도서실로 갔고 수업이 끝난 뒤에는 아예 책꽂이 사이에 자리를 잡고 마룻바닥에 주저앉아 책을 읽었다. 아이가 혼자 도서실에 있을 거라고 생각하지 못해서 학교 아저씨가 밖에서 문을 잠그고 가버리는 적이 많았다. 분홍신, 피노키오, 알라딘의 요술램프, 하이디… 어둑어둑하여 글씨가 안 보일 때야 퍼뜩 정신을 차리고 일어나 창문을 넘어 밖으로 나오면 책 속의 세상에서 갑자기 밖으로 툭 떨어진 것처럼 얼떨떨했다. 모르는 사이에 다른 사람들과 함께 시간은 저만큼 가 있고 나만 외따로 다른 세상에 떨어진 것 같았다.

외할머니 댁으로 다시 돌아간 것은 엄마 곁으로 와서 2년이 지난 뒤였다. 금순이 언니가 시집가고 할아버지가 돌아가신 뒤에 외할머니는 외딴집에 혼자 남았다. 엄마는 외할머니가 혼자 사시는 것을 마음 아파하셨다. 아버지가 제대를 하여 굳이 조치원에 살 이유가 없어지자 엄마는 아버지와 합의하여 집을 팔고 외가로 살림을 합쳐 들어가기로 했다. 할머니는 훗날 시골집을 엄마에게 상속했고 세월이 흐른 뒤에 폐가가 되다시피 한 그 집은 나에게 왔다. 나는 외가를 복원할 수 있을까? 좋지 않은 기억들을 다 털어내고 따뜻하고 밝은 살림을 일으켜서 맘 편하게 자라지 못한 형제들과, 그들의 아이들과 그리고 나에게 고향을 마련해주고 싶은 마음이 있다.

아버지의 부대가 있던 봉암은 어떤 의미에서는 나의 고향이었다. 겨우 2년이었지만 엄마와 함께 살면서 비로소 둥지를 찾은 것이었다. 친구들과 강에 가서 마름을 건져 쪄 먹는 것이 재미있었고 월하리 비행장의 차돌을 깨서 공깃돌을 만드는 것도 즐거웠다. 그리고 책을 읽는 학교생활이 행복했다. 할머니와 살 때는 할머니의 품 안에만 깃들어 있었다. 할아버지, 할머니, 할머니의 친정 조카인 금순이 언니하고만 이야기를 했다. 엄마에게서 강제로 분리된 상실감이 나를 더 자라지 못하게 했다. 엄마하고 살 때는 엄마를 배경 삼아서 내 세상을 만들어나갔던 것이다.

나처럼 잠깐이 아니라 영영 엄마를 잃은 언니가 있다는 것을 알게 된 것은 고등학교 1학년 때였다. 중학교를 졸업한 뒤에 나는 대전에 있는 인문계 고등학교로 진학했고 자취방을 얻어줄 여력이 없던 엄마는 나를 이모 댁에 맡겼다. 엄마와 이모는 사이가 좋지 않았기 때문에 내 존재가 이모에게 달가울 리 없었다. 엄마는 이종사촌 오빠들이 자랄 때, 군대 갈 때, 휴가 올 때 어떻게 세세히 손길이 미쳤는가를 이야기하면서 이모가 너를 돌봐줄 만하다고 했다. 한방을 쓰는 이종사촌 언니는 말을 걸지 않았다. 이모는 대놓고 말씀하셨다.

"자식새끼들 키우기도 힘들다. 무슨 영화를 보겠다고 조카 새끼까지 데리고 있겠니."

가시방석에 앉은 기분으로 이모가 해주시는 밥을 먹고 사촌 언니의 방에서 자면서 학교에 다녔다. 엄마는 동생인데도 이모한테 지지 않았다. 조카들을 자기 자식처럼 야단쳤다. 누가 옳든 그르든 불편해진 곳에 나를 맡기는 엄마가 원망스러웠다. 어릴 때처럼 해가 지면 쓸쓸하고 집에 돌아오는 걸음이 무거웠다. 어린 시절부터 소꿉친구였던 이종 동생이 없었으면 날마다 울지 않았을까 싶다. 이모와 언니가 모진 분들은 아니었다. 하지만 환영받지 못하는 곳에서 부득부득 아무렇지도 않게 살아낼 만큼 신경 줄이 질긴 아이는 드물 것이다. 식구들이 눈치채지 않게 보일러를 틀지 않는 빈방으로 가 있는 때가 많았다. 소파에 엎드려 초원, 말, 노란 불빛의 창문이 있는 집, 그런 비현실적이고 달콤한 동화를 쓰면서 시간을 보냈다. 학교에 가서는 시간 날 때마다 친구들과 예술관에 가서 놀았다. 예술관엔 음악실과 미술실과 도서실이 있었다. 나중에 선생이 되었을 때 학생들에게 고등학교 시절에 읽은 책을 이야기하곤 했는데 어제 읽은 것처럼 기억이 선명했다. 그만큼 몰입했다.

어느 날 외할머니가 오셨다. 옆에 앉아 방을 얻어주지 못하는 엄마를 변호하시다가 갑자기 이상한 말씀을 하셨다.

"니 엄마도 일부종사를 못 한 기구한 여자여."

처음엔 무슨 소리인지 알아듣지 못했다. 엎드려 종이에 낙서를 하면서 이야기를 듣다가 일어나 앉았다. 우리 아버지와의 결혼은 재혼이었다는 것이다. 나보다 여섯 살이 많은 딸이 하나 있다고 했다. 똑똑하기로 소문난 아이였다는 엄마는 중학교에 보내달라고 울면서 졸라대는 게 일이었다. 당장 다음 끼니를 걱정하던 시절에 딸을 중학교에 보내는 건 언감생심 꿈도 못 꿀 일이었다는데, 핑계라고 원망했다. 그도 그럴 것이 딸만 둘인 외할아버지가 아들을 보려고 작은댁을 들였기 때문이다. 아들이 태어나 아버지를 호강시켜줄 때가 되면 아버지는 돌아가실 날이 가까우니 그러지 말고 나를 공부시켜주면 아들 노릇 하겠다고 매달렸지만 부모는 끝내 소원을 들어주지 못했다. 딸을 공부시킬 정도의 의식을 가진 부모가 있기 어려운 시대였다. 하는 수 없이 혼자 도시로 나가 양장 기술을 익히고 'YWCA'에서 학생들을 가르치면서 살았다. 그러는 중에 좋은 조건을 가졌다는 신랑감이 있다고 중매가 들어왔고 결혼을 했다. 결혼은 오래가지 않았다. 조건은 거짓이었고 남편은 친정까지 쫓아와 마루를 도끼로 찍으면서 딸을 뺏어 가버렸다고 했다.

그래서 그랬던가 보다. 엄마는 호들갑스럽게 기뻐하는 일도, 신나게 노는 때도 없었다. 내 손을 잡고 말없이 둑길을 걸었고 우리가 노는 것을 물끄러미 바라보곤 했다. 그러고 보니 결혼사진도 없었다. 어린 시절은 간혹 이야기했지만 처녀 시절도, 아버지와 만난 이야기도 하지 않았다. 살아온 시간 중의 어떤 부분은 그냥 묻어버려야 하는 사람들도 있다. 잘못된 필름처럼 잘라내면서 가장 고통스럽고 치열했던 번뇌의 시간을 부정할 수밖에 없는, 그런 사람들에게 다른 사람들이 할 수 있는 최선의 배려는 내버려두는 것이다. 함부로 말하지 않고 모른 체해주는 것이다. 쉽지 않은 일이다.

엄마가 원하는 성공을 해서 삶을 보상해드리고 싶다는 생각을 처음 했다. 엄마와 언니, 두 사람의 생이 너무나 아팠다. 억지로 분리되는 고통을 나는 잘 알고 있었다. 할머니의 이야기를 듣던 그즈음, 엄마는 막다른 골목에 몰려 있었다. 사납고 난폭했다. 간혹 잔잔하게 웃던, 늘 뭔가를 가르쳐주던 모습이 아니었다. 그러나 이야기를 듣고 나니 모든 것이 이해되었다. 엄마는 곁에 없는 딸이 마음에 걸려서 나를 잘 안아주지도 못했다고 했다. 그 모진 시간을 어떻게 견뎠을까? 그로부터 3, 4년쯤 뒤에 소설처럼 정말로 언니가 나타나기 전까지 내 마음의 중심에는 오직 엄마가 있었다.

외가로 들어간 뒤부터 아버지와 엄마는 자주 다투었다. 할머니와 아버지도 사이가 좋지 않았다. 할머니와 엄마의 관계도 마찬가지였다. 따스했던 외갓집은 복잡하고 불안해졌다. 다툼, 힐난, 푸념 속에서 하루도 마음이 편할 날이 없었다. 화를 내는 소리가 늘 귀에 쟁쟁 울렸다. 젊은 날을 군대에서 보낸 아버지가 바깥세상에서 할 수 있는 일은 많지 않았다. 학교에 회충약을 팔러 오신 아버지를 만난 적도 있었다. 엄마는 경제적으로 궁핍했고 다섯이나 되는 아이들을 조력자 없이 키워내야 했다. 먹는 것, 입는 것 수발하는 데는 엄마만 한 효녀가 없다고 할머니도 말씀하셨지만 어렸을 때부터 까탈스러웠다는 엄마가 성격이 다른 친정어머니와 같은 지붕 아래 사는 것은 또 다른 상황이었을 것이다. 게다가 할머니는 딸은 어려워했지만 사위는 그다지 존중하지 않았다. 어느 겨울밤, 할머니와 다투다가 아버지는 급기야 집을 나가 읍내까지 걸어 나가서 아침 첫차를 타고 서울로 올라갔다. 버스터미널에 내린 아버지가 아침을 먹으러 들어간 국밥집의 아주머니가 나중에 아버지의 아내가 되었다. 그 사실을 알게 된 뒤에 나는 아버지를 철저하게 미워하고 밀어냈다. 동시에 너무나 달라져버린 엄마에게 하루가 멀다 하고 독한 상처를 입으면서 하루하루가 갔다. 심한 야단을 맞고 나면 마음을 가눌 수가 없었다. 무엇을 특별히 잘못해서가 아니었다. 자식들이 엄마 마음에 들지 않았다. 청소도, 빨래도, 공부도, 뭐 한 가지 시원하게 하는 게 없다고 했다. 우리는 모두 체력이 약했다. 중학교 2학년 때까지 나의 몸무게는 28킬로그램이었다. 산에 가서 땔나무하기, 겨울에 부엌에서 밥 짓기, 샘에 가서 물 긷기, 자전거 타고 고개 넘어 학교 다니기, 다른 아이들은 아무렇지도 않게 하는 일들을 나는 안간힘을 쓰면서 했다. 늘 아프던 나는 중 2 때 걸음을 떼지 못해 대학병원에 실려 갔는데 배 속에 커다란 혹이 있었다. 나중에 보니 그건 혹이 된 난소였다. 그때만 해도 진료가 지금만큼 세밀하지 못하여 병원에선 악성종양을 의심했다. 수술하기 전날 엄마는 내가 죽을지도 모른다고 생각해 펜과 공책을 주면서 뭐든지 쓰고 싶은 말을 쓰라고 했다. 내게 그런 기회를 줘야 한다고 생각했나 보다. 수술하는 동안 엄마는 병실에 앉아 말 한마디 없이 신문을 처음부터 끝까지 읽고 있었는데 옆

침대의 보호자들이 말도 못 걸었다고 한다. 암이 아니라는 것을 알고 나서야 엄마는 울었다고 했다.

저녁 밥상을 물리고 설거지를 마치면 엄마는 부엌에서 계란을 식구 수대로 삶아 왔다. 우리는 삶은 계란 하나와 분유 한 컵을 의식을 치르듯 먹었다. 가장이 가난한 식구들의 영양을 보충해주는 방법이었다. 여자들만 자는 집에 도둑이 들까 봐 사립문을 지치고 아버지의 낡은 구두를 마루 아래 내놓은 뒤에 할머니와 엄마와 다섯 딸들이 윗방과 아랫방에 촘촘히 누웠다. 엄마와 할머니가 잠들고 뒷산에서 소쩍새 우는 소리가 들려오는 시간이 가장 편안하고 좋았다. 중학생인 나는 세상에서 제일 쓸쓸한 목소리를 소쩍새가 가졌다고 생각했다. 그것은 밤의 소리였다.

부모로부터 독립하기 전까지의 삶을 이야기할 때 부모의 이야기를 하지 않을 수 없지만 이런 이야기들을 늘어놓는 것이 쉽지 않다. 누구도 남에 대해서 알지 못한다. 자식이 읽는 부모의 생은 절반 이상 오독이지 않을까. 내 안경을 쓰고 그들이 미처 갈무리 못 한 삶의 파편 조각을 드문드문 바라볼 뿐이다. 어쩌면 내 아이도 나중에 나에 대해 이야기할 기회가 있을지도 모른다. 내 딸도 나를 다 모른다. 딸애의 오독을 나는 미안한 마음으로 감수할 것이다.

언니를 만난 것은 대학교 2학년을 마칠 즈음이었다. 엄마는 냉정

했다. 엄마가 잘라버린 생의 필름 속에 언니도 들어 있었을 것이다. 그렇지 않고는 살 수 없었을 것이다. 경제적으로 넉넉했다면 달랐을 수도 있겠지만 당시의 엄마에게는 또 하나의 자식을 품을 여유가 없었다.

20여 년 만에 만난 딸에게 엄마가 가장 먼저 물은 말은 대학엘 갔느냐는 것이었다. 엄마가 생각하는 부모의 가장 중요한 역할은 자식을 공부시키는 것일 거다. 사과 박스에 신권을 가득 채워서 시동생에게 맡기면서 아이가 크면 대학에 보내달라고 했다는 것도 엄마답다. 사과 박스를 삼촌에게 맡긴 것은 고양이에게 생선을 맡긴 것과 같았다고 나중에 언니가 말했다.

우리는 만나자마자 서로에게 빠져들었다. 함께 자란 동생들은 오히려 나와 별로 닮지 않았는데 언니와 나는 누가 보아도 자매인 것을 알아볼 만큼 모습도 취향도 비슷했다. 밤을 새우며 이야기를 하고 또 했다. 언니는 집이 없었다. 언니를 만나러 서울에 가면 언니의 남자 친구 집에서도 자고 언니가 묵고 있는 친구 집에서도 잤다. 집도 절도 없이 여기저기 얹혀살아도 타고난 당당함과 기품이 있었다. 남자 친구와 남자 친구의 부모님, 친구들과 친구들의 가족들이 언니를 대하는 태도에 진심과 존중이 느껴졌다. 언니 가슴속을 채우고 있는 열망의 90퍼센트는 여전히 공부인 것 같았다. 언니는 아름다운 사람이었다. 파란 많은 성장기를 보냈지만 조금도 거칠거나 황폐해지지 않았다. 마음이 따뜻했으며 감정과 표현이 풍부하고 열정이 뜨거웠다. 솔직하고 유쾌한 성격이어서 이야기를 나누다 보면 눈물이 나다가도 배꼽이 빠지곤 했다. 언니의 주위는 언제나 언니의 빛깔로 채워져 있곤 했다.

우리들 앞으로 굴곡 많은 시간이 흘러갔다. 언니는 첫사랑 남자 친구와 헤어졌고 그 뒤 대학에 보내주겠다는 남자를 만나 시골로 내려갔다. 그는 퇴계 이황 선생의 스승인 이언적 선생의 자손이라고 했다. 자기 아들은 고향 도덕산 기슭에서 산의 정기를 받고 자라나야 한다는 남자였다. 노량진 학원에서 꿈을 불태우던 언니는 이언적 선생의 서원이 있는 마을의 새댁이 되었다. 이씨 집성촌인 그 마을은 제사도 많았다. 언니가 남강 형님, 노당 형님, 경주 형님 등등 고풍스러운 느낌이 나는 이름들에 둘러싸여 제사 음식을 준비하는 걸 보면 웃음이 났다.

가족이란 게 뭘까? 오랫동안 식구들에게 연연했다. 이러저러한 일들을 겪으면서 가족으로부터 심정적으로 독립한 것은 모두를 위해 다행한 일이다. 언니를 만난 뒤에 아버지에 대한 미움이 사라졌고 엄마에게 가진 애증도 버렸다. 부모에게도 내가 모르는 지난한 삶이 있다는 것을 언니의 존재가 깨닫게 해준 것이다. 형제들의 일이라면 이성을 잃고 졸아들던 마음도 평온해졌다. 어떤 인연에 의해

김담비 약전略傳

2014년 4월 16일, 오전 8시 50분경 476명의 승객을 태우고 인천 항을 출발해 제주도로 향하던 청해진해운 소속 여객선 세월호가 전 라남도 진도군 조도면 부근 해상에서 전복되어 침몰했다. 탑승 인원 476명 중 안산 단원고등학교 학생이 325명이었다. 학생들은 제주 도로 수학여행을 가고 있었다. 선장과 선원들은 승객들을 버리고 먼 저 탈출했으며 교사들과 일반인 승객, 승무원을 모두 합친 전체 탑 승객 중 172명만이 구조되었다. 시신 미수습자 5명을 포함한 304명 이 사망했는데 단원고 희생 학생이 248명이었다. 4월 18일, 세월호는 전 국민이 뉴스를 통해 지켜보는 가운데 완전히 침몰했다. 자식이 배 안에서 마지막으로 건 전화를 받지 못했거나 미안하다, 사랑한다는 마지막 문자를 받은 부모들이 지옥 같은 세상에 남겨졌다. 2017년 3월 10일 제18대 대통령 박근혜가 파면되고 12일 후인 2017년 3월 22일부터 세월호 인양을 시작했고 2017년 3월 28일 국회에서 세월호 선체조사위원 선출안이 의결되었다. 경기교육청은 136명의 작가들과 함께 1년간 부모, 형제, 친구들을 인터뷰하고 자료를 모아 희생 학생들과 교사들의 짧은 생을 담은 『416 단원고 약전―짧은, 그리고 영원한』(굿플러스북, 2016)을 출간했다.

　딸을 잃고 1년, 담비 어머니 효숙 씨는 어깨 아래까지 긴 머리를 늘어뜨리고 있었다. 담비를 이야기하는 것은 쉽지 않았다. 아빠 조기하 씨와 엄마 박효숙 씨, 남동생 별이, 그리고 담비가 그토록 따랐던 두 이모 은숙 씨와 경숙 씨. 담비가 두고 떠난 사진첩과 일기장, 편지들을 가운데 두고 모여 앉았으나 자주 말이 끊기고 고통을 누르느라 침묵이 흐르곤 했다. 아빠 기하 씨는 훤칠하고 늠름해 보였고 엄마 효숙 씨는 자그마하고 귀염성 있는 얼굴이었다. 갸름하고 오목조목 선이 고운 담비가 이 속에 있던 게 불과 1년 전이다.
　"생머리를 관리하기가 쉽지 않은데 담비 엄마 참 예쁘시네요."
　수척한 효숙 씨를 다시 바라보며 긴장을 풀고자 건넨 말에 생각지 못한 대답이 돌아왔다.

"머리를 담비가 늘 손질해줬어요. 수학여행 가기 전에 담비가 마지막으로 손질해준 머리라서 자를 수가 없어요."

갑작스럽게 닥친 담비의 부재는 식구들의 시간을 그대로 멈추게 했다. 엄마는 딸의 손이 마지막으로 닿은 머리 모양을 바꿀 수가 없고 기울어지는 배 안에서 무섭다고 전화하며 울던 딸의 목소리 아빠는 평생 안고 가야 한다. '누나 보이'라고 놀림받을 정도로 남매의 정이 깊던 별이는 상처를 안고 허허벌판에 서 있다. 담비가 기르던 고양이는 담비가 학교에서 돌아올 시간이 되면 여전히 현관 앞으로 가서 주인을 기다리며 앉아 있다가 돌아서곤 한다.

수학여행 떠나기 전날, 담비는 처음으로 엄마에게 생부의 이야기를 물었다.

"엄마, 이제 이야기해주세요. 아빠와 왜 헤어지게 된 거야?"

효숙 씨는 딸과 맥주를 한잔했다. 혼인신고를 마치자마자 날아들기 시작하는 카드 빚 명세서와 사채 이자 독촉 때문에 효숙 씨는 정신을 차릴 수가 없었다. 남편은 미안해하지도 부끄러워하지도 않았다. 급기야는 분윳값을 걱정해야 하는 처지에 이르렀고 아랑곳없이 게임에만 빠져 살던 그는 결국 집마저 부동산에 넘긴 뒤 아내와 남매를 두고 집을 나가버렸다. 효숙 씨는 혼자 식당 일을 하며 담비와

별이를 키웠다. 엄마가 식당에 나가 있는 동안 담비는 동생 별이의
보호자였다. 효숙 씨의 부모님과 형제들, 그러니까 담비의 외할아버
지와 외할머니, 이모들과 삼촌은 담비 가족의 아픔을 함께 끌어안았
다. 넉넉지 않은 살림이지만 아끼지 않고 나누었고 담비와 별이에게
따스한 언덕이 되어주었다.

"담비야, 아빠 찾고 싶으면 나중에 어른이 됐을 때 찾아가. 그래도
돼."

엄마의 말에 담비는 도리질했다.

"엄마, 우릴 길러준 지금 아빠가 우리 아빠야."

뜻밖에도 담비는 기억하고 있는 일이 많았다. 어느 날 담비가 자
지러지게 우는 소리를 듣고 방 안으로 뛰어 들어간 효숙 씨는 기겁
을 했다. 피 흘리는 담비를 안고 병원으로 달렸다. 아빠에게 맞아 나
동그라지며 텔레비전 받침대 모서리에 눈이 찢긴 그때, 담비는 여섯
살이었다.

"엄마가 담비를 잘 봤어야 했는데 그러지 못해서 미안해."

담비의 눈 밑에 희미하게 남은 상처를 어루만지며 가슴이 아린 엄
마에게 담비는 말했다.

"엄마가 왜 미안해. 그때 엄마는 목욕탕에서 빨래하고 있었잖아."

알면서 모르는 척, 아파도 안 아픈 척, 나이보다 웃자라는 딸이 엄
마는 늘 안쓰러웠다. 또래의 꼬마들이 아빠의 팔에 안겨 재롱을 피우

는 걸 부러운 표정으로 바라보는 딸에게 어느 날 효숙 씨가 물었다.

"담비, 아빠 만들어줄까?"

담비는 대뜸 대답했다.

"엄마, 빨리, 빨리 만들어줘."

아빠 기하 씨는 지금도 담비와 별이를 처음 만나던 날의 감동을 잊을 수가 없다. 어린 담비가 또박또박 걸어오더니 스스럼없이 품에 안기는 것이 아닌가. 누나가 뭘 하든지 그림자처럼 따라 하던 별이 도 기하 씨의 무릎에 엉덩이를 들이밀었다. 기하 씨는 가슴이 뛰었 다. '내 아이들'이란 생각이 절로 들었다. 생부에게 받은 상처 때문인 지 담비는 아무에게나 안기지 않았고 특히 남자 어른들을 꺼렸는데, 그런 담비가 기하 씨를 꼭 끌어안는 걸 보고 효숙 씨도 놀랐다. 총각 인 당신이 아이가 둘인 나와 결혼한다고 하면 세상 사람들이 둘 다 미쳤다고 할 것이라며 한사코 거절하는 효숙 씨에게 기하 씨는 말해 왔었다. 우리만 똑바르게 잘 살면 된다, 내가 내 새끼들을 키우겠다 는데 누가 뭐라고 할 것이냐. 두 아이를 만난 그 순간, 효숙 씨의 연 인이었던 기하 씨는 아빠이자 남편으로서 새 삶이 시작되는 것을 느 꼈다. 기하 씨는 아내에게 말하곤 했다. 담비는 우리를 이어준 복덩 이라고.

아빠의 말처럼 담비와 별이는 부모가 아픔을 딛고 맺은 인연을 단 단하게 매듭지어주는 천사들이었다. 담비도 다른 아이들처럼 아빠의 가슴에 안겨서 거리를 활보하게 되었다. 횡단보도에서 마주 오는 짧은 스커트 아가씨들을 만난 어느 날, 담비는 잡고 있던 아빠 손을 놓고 팔을 벌리며 자기를 안으라고 했다. 아빠는 속내를 모르고 무심히 딸을 안아 올렸다. 아가씨들이 아빠를 곁눈질하며 스쳐 지나가는데 담비는 아빠의 목을 꼭 끌어안으며 야무지게 쏘아붙였다.

"우리 아빠예요!"

아빠는 그만 딸바보가 되고 말았다. 눈에 넣어도 아프지 않다는 게 무슨 말인지 알 것 같았다. 직장 동료들 앞에서든 친구들 앞에서든 입만 열면 딸 자랑이 늘어졌다.

"우리 담비가 우리말 겨루기 대회에서 최우수상 받아 왔네."

"논술 쓰기 대회에서 최우수상을 받았대."

"내 딸이어서가 아니라 진짜 이뻐. 내가 말 안 할라고 했는데 이번에 시험을 또 이렇게 잘 봤다네."

아빠는 딸이 장차 법관이 될 거라고 믿었다. 그것은 담비의 꿈이기도 했다. 힘이 없고 가난한 사람들은 법의 보호마저 받기 어렵다는 것을 어떻게 알았을까? 변호사도 사지 못하는 사람들을 위해 일하고 싶어 했다. 담비에겐 정의로운 성품이 있었다. 옳지 않은 것은 옳지 않다고 분명하게 표현했다. 괴롭힘을 당하는 친구를 대신해 싸웠다.

담비의 그토록 따스했던, 어른스러웠던 마음을 기억하는 것이 고통스러워서 이모들은 한마디를 하려면 열 번의 울음을 삼켜야 한다. 엄마가 연년생 아우인 별이를 임신하여 배가 불러오자 담비는 한동안 강원도 철원의 외가에서 보살핌을 받았다. 할아버지, 할머니, 외삼촌, 이모들의 전폭적인 사랑 속에서 담비는 예쁘게 자랐다. 할머니는 담비가 작은이모 경숙 씨의 무릎에 앉는 걸 걱정하셨다. 교통사고 후유증으로 경숙 씨의 다리가 불편했기 때문이다. 경숙 씨는 담비를 더욱 꼭 끌어안고 묻곤 했다.

"우리 담비, 누구 닮아서 이렇게 예뻐?"

담비는 예쁜 미소를 지으며 이모에게 대답해줬다.

"이모."

할머니는 할 수 없다는 듯 피식 웃으셨다. 밥 먹을 때도, 씻을 때도, 잘 때도 담비는 늘 이모 곁에 붙어 있었다. 이모가 친구와 약속이 있어 외출하게 되면 말로는 다녀오라고 하면서도 눈엔 서운함이 가득했다. 경숙 씨는 그 눈이 슈렉의 고양이 같았다고 표현했다. '가지 마, 가지 마'라고 말하는 것 같은 그 눈을 보면 차마 발이 떨어지지 않았다. 담비는 눈치 빠르게 아무렇지도 않은 척 활짝 웃어 보이며,

"이모 올 때까지 안 자고 기다리고 있을 테니까 대신 맛있는 거 사다 줘야 해."

하고 이모를 안심시켜주는 것이었다. 그렇게 두고 나온 담비가 눈

에 밟혀서 조카가 아니라 네 딸 아니냐고 경숙 씨는 친구들의 놀림을 받곤 했다. 외가인 철원을 떠나 안산으로 돌아온 뒤에도 담비와 별이는 방학만 되면 외가로 달려가 방학이 끝날 무렵 아쉬워하며 돌아왔다. 담비의 일기 속에서 외할머니는 담비를 데리고 만두를 빚고 수정과를 담그고 찐빵을 찌신다. 제사, 명절, 생신 때처럼 담비의 표현대로 북적북적 식구들이 모이게 되는 날, 할머니의 음식 준비를 소꿉장난처럼 거들면서 겨우 초등학교 2학년인 담비는 그 과정을 일기에 꼼꼼하게 적어놓았다. 조용하면서도 활발하고, 새침하면서도 풍부하고, 맺고 끊음이 똑 부러지면서도 다정다감한 담비의 성품은 외가에서 보낸 어린 시절의 나이테일 가능성이 크다.

담비가 있는 모든 장소에는 이모들이 함께 있었다. 무서운 꿈을 꾸고 일어났을 때도, 목욕할 때도, 개울에서 썰매를 타고 놀 때도, 도시락을 싸 들고 소풍 갈 때도, 맛있는 것을 만들어 먹을 때도…. 집으로 돌아오는 날마저 '마지막으로' 개울에 나가 놀아주는 이모가 일기의 편마다 등장한다. 이 꼬마 아가씨는 자기네 식구들이 외가를 떠나오는데 하필, 할머니와 할아버지께서도 볼일을 보러 나가셔서 혼자 집을 지키게 되는 이모를 걱정한다. 어린 아기 때부터 사춘기 소녀로 성장하기까지 담비의 이모 사랑은 변함이 없었다. 담비는 이모와 배드민턴을 하거나 쇼핑하거나 산책하는 걸 좋아했다. 걸음이 불편한 경숙 씨는 사람들의 시선에 위축되었지만, 담비는 이모 옆에 딱 붙어 서서 강한 눈빛으로 맞섰다. 우리 이모를 왜 그런 눈으로 보느냐, 하는 무언의 항의를 담은 담비의 눈은 무서웠다. 숨으려고만 하는 이모를 밖으로 끌어내준 담비, 주위를 의식하지 않고 당당하게 이모를 호위하던 담비와 별이, 그렇게 든든한 조카들과 왜 좀 더 걷지 않았는지, 왜 좀 더 오래 운동을 하지 않았는지, 경숙 씨는 그것이 한스럽다.

엄마에게 딸은 비밀이 없는 친구였고 아빠에겐 보석이었다. 아빠는 퇴근하여 집에 들어올 때 딸이 맞아주는 것이 좋았다. 친구네 집에 들러 놀다 온다고 하면 시계를 보면서 기다렸고 날이 어두워지면 마중을 나갔다. 딸은 시큰둥하게 "뭣 하러 나왔어?" 하면서도 아주 당연하게 책가방을 아빠에게 넘겼고 아빠는 가방을 받아 드는 일이 그렇게 좋을 수가 없었다. 사는 일이 고달파 창가에 담배를 물고 서 있을 때, 뒤에 와서 허리를 슥 안으면서 "아빠 왜 그래?" 하고 애교를 피우면 세상만사를 다 잊었다. 딸내미가 귀찮아하거나 말거나 아빠의 애교도 꿋꿋했다. 술에 취해서는 느닷없이 딸내미에게 자기를 잡아보라며 온 방 안을 뛰어다녀 식구들의 웃음을 사질 않나, 가까운 사람이 연예기획사의 일을 하는 사람을 안다는 말을 듣고 딸내미가 좋아하는 가수 씨엔블루의 상당히 큰 브로마이드를, 그것도 크기별로 다섯 개나 기어코 얻어다가 딸의 방을 도배해주질 않나, 친구이자 사촌인 노을이의 말에 의하면 담비는 집안의 서열 1위였다.

아들 별이는 사내답게 놀고 친구도 넓게 사귀기를 바란 반면 딸은 어둡기 전에 집에 들어오기를, 놀 땐 놀고 공부할 땐 공부하되, 노는 것은 웬만하면 나중에 대학 가고 꿈을 이룬 뒤에, 그것이 아빠의 마음이었다. 담비는 아빠의 기대에 어긋나지 않았지만, 그렇다고 아빠의 울타리 안에 갇혀 있지도 않았다. 중학교, 고등학교 내내 장학금을 받으면서 학교에 다니는 딸이 아빠의 눈에는 흡족한 모범생이었으나 엄마는 담비의 새침하고 고운 모습 속에 자유로운 열정이 꿈틀거리고 있다는 걸 알고 있었기 때문에 아빠 몰래 짧은 치마도 사주었고 담비가 열광하는 콘서트에도 보내주었다. 딸이 노래방에 가면 마이크를 좀처럼 다른 사람에게 넘기지 않으며, 테이블 위에 올라갈 정도로 흥이 넘치는 아이라는 걸 아빠는 꿈에도 몰랐다. 어느 날 친척들이 모여 저녁을 먹고 노래방에 갔을 때, 옆방에서 따로 노는 아이들이 궁금해 슬쩍 기웃거렸다가 놀라서 입이 다물어지지 않았다. 저게 우리 담비, 내 딸 맞나? 댄스 가수는 저리 가라 할 만한 수준의 춤 실력과 가창력을 맞닥뜨리고 아빠는 딸에게 속았다고 생각했다.

노을이, 소희, 진의.
담비의 절친인 이 아이들은 무엇인가를 선택하고 결정할 때 담비의 빈자리를 가장 크게 느낀다고 했다. 돈가스를 먹을까, 떡볶이를 먹을까. 명동에 가서 놀까, 중앙동엘 갈까. 망설이는 모든 순간에 경쾌한 결론을 내려주던 담비가 그립다고 했다.

"담비는 주량을 알 수 없을 만큼 술이 셌어요."

"무서운 놀이 기구를 끄떡도 하지 않고 탔어요."

"우리는 놀 때 가장 잘 맞았어요."

"담비는 모르는 아이들이 보면 얌전한 아이, 친해지고 보면 너무 너무 재미있는 아이예요."

담비와 함께 있던 시간으로 돌아가 이야기를 쏟아놓던 아이들은 노래방에서 우연히 만난 담비의 남자 친구를 떠올리고 웃음을 터뜨렸다. 정확히 말하면 남자 친구가 될 뻔했던 그 학생은 남동생 별이의 친구였다. 별이네 학교의 전교회장이라고 했다. 담비는 남자 친구보다 꿈을 이루는 게 먼저라고 생각했지만, 그 애가 싫지는 않았다. 이야기를 전해 들은 엄마도 이제 막 설레는 꽃봉오리 같은 두 아이가 예뻐서 딸에게 남자 친구가 생기는 것을 반대하지 않았다. 담비와 노을이, 소희, 삼총사가 노래방에서 화장실 갈 시간도 아껴 열정적으로 노래 퍼레이드를 벌이고 밖으로 나왔을 때, 한 남학생이 거기에 있었다. 담비는 화장지를 둘둘 말아 쥐고 화장실로 달려가느라 의식하지 못했는데 반가움과 부끄러움을 담은 남학생의 눈은 내내 담비를 향하고 있었다. 그 아이는 별이에게 말했다고 한다. 네 누나가 수학여행 다녀오면 다시 한번 프러포즈해보겠다고.

수학여행에서 돌아왔다면 담비는 남동생의 옷을 골라주러 시내에 나갔을 것이다. 엄마와 약속한 대로 영화를 보고 닭갈비를 먹고 노래방도 갔을 것이다. 그날의 데이트에서 아빠는 살짝 빼놓기로 했었다. 영화에 딸이 성폭행당하는 장면이 있으므로 아빠가 너무나 괴로워할 것이라고 담비가 염려했던 것이다.

수학여행에서 돌아왔다면, 법대에 진학하기 위해 늦도록 불을 켜고 공부하여 아빠의 기를 살려주었을 것이다. 총명한 남자 친구가 생겼을지도 모른다. 새침한 표정 속에 상대의 마음을 읽고 따스하게 배려하는 심성을 감춘 담비, 아빠 말씀대로 공부할 때는 공부하고 놀 때는 확실하게 놀 줄 아는 반전 매력 담비, 얼마나 예쁘고 풋풋한 첫사랑이 담비의 일기장에 그려졌을까?

담비를 가졌을 때, 엄마는 꿈속에서 한 그루의 복숭아나무를 보았다. 복숭아나무는 딱 한 개의 열매를 매달고 있었다. 따뜻하고 밝고 표현할 수 없을 만큼 아름다운 빛깔을 한 복숭아였다. 그리고 1997년 3월 10일, 꿈속의 복숭아만큼이나 고운 담비가 세상에 왔다. 세상이 이 아이들을 지켜냈다면, 훗날의 변호사 김담비는 아무래도 작가를 겸할 것 같다. 처마에 매달린 투명 진검, 고드름을 따주시는 외할아버지의 감성을 물려받았을까, 서가에 소설이 빼곡한 큰이모 은숙 씨를 닮았을까. 초등학교 시절부터 남긴 일기, 할머니와 할아버지께 드린 편지, 엄마와 아빠에게 발행한 선물 쿠폰들, 이모들에게 준 쪽지는 순수하고 풍부한 언어와 반짝이는 호기심으로 가득 차 있다.

담비는 태몽처럼 이 세상을 밝고 따스하게 살았다. 고사리손을 내밀어 절망 속에서 가족들을 잡아 일으켰다. 서로 의지하며 고통의 터널을 빠져나가도록 이끈 희망의 아이콘이었다. 엄마는 초등학교 때부터 중학교 졸업하는 날까지 딸의 등하굣길에 동무가 되어주었다. 엄마와 함께 체육공원을 지나 학교로 오가는 길을 담비는 사랑했다. 흰 눈이 그림처럼 내리는 날, 담비는 엄마에게 속삭였다.

"엄마, 학교 가지 말고 엄마랑 하루 종일 눈싸움하고 놀까?"

부조리하고 불합리하고 인정머리 없는 세상을 담비는 천상의 복숭아처럼 그렇게도 아름답게 살다 갔다. 2015년 4월 21일, 담비가 팽목항 바다에서 나오던 날, 엄마의 마른 가슴에선 갑자기 젖이 흥건하게 흘렀다. 진도의 체육관에서 잠깐 새우잠이 든 큰이모의 지친 꿈속으로도 담비는 찾아왔다. 그건 담비의 위로였다. 담비는 늘 그런 아이였다. 자기보다 엄마, 아빠가 더 힘들 것이라 생각하는 아이, 어른인 이모들의 마음을 제 마음보다 먼저 살피던 아이. 아빠는 이렇게 자라온 아이들을 이 나라가 어떻게 잃었는지 기록해달라고 했다. 딸을 잃기 전까지 아빠는 사회의 정의로움을 믿었다. 아이들이 당연히 구조될 것이라 믿었기에 걱정하지 말고 어른들이 시키는 대로만 하라고 우는 딸을 안심시켰다. 그것이 사무치도록 딸에게 미안하여 아빠는 오늘도 거리에 서 있다.

쁘니 쁘니.

어디를 가야 널 만날 수 있을까. 잔인한 4월이 돌아오고 또다시 널 그리다 체념하는 날이 흐르고 또 흐르면 언젠가 함께할 날도 오겠지.

세상에서 우리 담비가 가장 좋은데, 어떻게 전할 수 있을까? 보고 싶은데, 그리운데 내가 할 수 있는 거라곤 우는 것밖에 없네. 그러니 담비가 이모 꿈에 가끔 들러 어여쁜 너의 모습을 보여주겠니? 그래주겠니…? 내가 너무나 사랑한 담비야. 꿈에 다녀가기도 여의치 않을 땐 어느 날 문득 스치는 바람에 널 느끼게 해줄 수 있겠니? 보고 싶은 담비야.

—경숙 이모가

2015년 4월 24일, 담비는 사랑하는 가족들과 친구들, 선생님들의 배웅 속에 하늘공원에 잠들었다. 8개월 아기였을 때도 나뭇잎이 바람에 흔들리는 것을 보고 까르르 웃었다는 담비. 이제부터 세상에 불어오는 바람과, 내리쬐는 햇볕 한 줌, 빗방울 하나하나가 애달픈 우리에게 주는 담비의 답장이고, 고통 없는 세상에서 보내는 담비의 맑은 미소라는 것을 기억하기로 한다.

바다로 등교하는 아이들

그 배에 권력자나 권력자의 자식들이 탔더라면, 강남의 부잣집 아이들이 수학여행 가는 길이었다면, 그래도 평형수를 빼고 화물을 과적했을까? 초동 대처가 그렇게 허술했을까? 이런 생각을 할 수밖에 없는 나라의 백성으로 산다는 것이 어떤 것인지 알겠다. 사무치는 슬픔과 분노에서 벗어나기 힘든 나날이다. 자식을 태운 배가 침몰하는 광경을 두 눈 뜨고 속수무책 바라볼 수밖에 없었던 유족들은 자신들이 가난하고 힘없는 부모라서 자식을 죽였다는 고통에 오래도록 시달릴 것이다.

세월호 희생자 추모와 진상규명 촉구를 위한 교사 대회에서 우리 교사들은 뜨거운 광장에 앉아 흐느껴 울었다. 점점 기울어가는 배 안에서 두려움에 떨면서도 어른들이 저희를 구해줄 거라고 한 점 의심도 없이 믿었던 아이들 때문에 울고, 지시에 온순하게 복종하는 법만 가르친 죄책감에 울었다. 그런데 아이들은 미안하다고 했다. 가만히 있으라는 안내 방송을 믿고 기다리다가 죽음에 맞닥뜨린 순간에도 살아 있는 가족들이 겪을 고통을 생각하면서 용서해달라고 했다.

"엄마 아빠, 미안해. 사랑해."

배가 침몰하기 직전 친구의 휴대전화에 남긴 여학생의 울부짖음을 들었을 때 숨이 막혔다. 이후로도 환청처럼 그 목소리가 들리면 울컥 눈물이 솟곤 했다. 수학여행을 떠난 아이들과 선생님들이 죽어서 돌아오는 4월 어느 날, 지금 내 교실에 살아 있는 아이들이 떠난 아이들과 똑같은 학생들이라는 걸 새삼 생각했다. 게임을 하면서 버티다가 "10초 안에 안 내면 한 달 압수!" 하는 순간 휴대폰을 들고 후다닥 뛰어나오는 아이들, 초콜릿우유가 올 땐 우유 임자도 마시지 못하게 가로채고 흰 우유가 배달되는 날은 일일이 번호를 써서 나눠 주어도 먹지 않고 교실에 굴리는 이 아이들, 사물함 위에 벗어 던진 체육복과 겉장이 떨어져 나간 교과서 임자를 번번이 찾아줘야 하는 놈들.

날마다 야단을 맞는 이 아이들이 시시때때로 사람들을 울게 하는 그 아이들이었다. 가르쳐야겠다고 다시 마음을 먹었다. 스스로 자신을 지키는 법, 어떤 상황에 맞닥뜨렸을 때 스스로 생각하고 선택하는 법을 가르치자. 옳지 못한 것을 거부하는 힘, 경쟁하지 않고 연대함으로써 얻어지는 훨씬 힘 있는 경쟁력에 대해 가르치자. 교사가 학생들을 가르치겠다는 마음을 쉬었다가 다시 먹는다는 말이 이상하게 들릴지 모르지만, 아침부터 밤까지 방과후수업과 학원, 과외수업으로 꽉 차 있는 아이들의 일상에 내 말이 비집고 들어갈 수 없다는 것을 실감하는 시간이 오래되었다. 아이들을 산 채로 바다에 묻는 것이 돈과 권력의 힘이라면 아이들을 살리겠다는 학교는 그것과는 다른 힘을 배우는 곳이어야 하지 않을까? 그것과는 다른 원칙이 적용되는 곳이어야 하지 않을까?

전남 순천의 사랑어린배움터 학생들은 아침에 바다로 등교했다. 선생님들은 학교에 모여 명상으로 하루를 시작하고 아이들을 맞이하러 순천만으로 걸어갔다. 통학 버스가 마을을 돌며 태워 온 아이들을 바닷가에 내려놓고 떠나자 아이들이 지저귀는 소리가 아침 바다에 상쾌했다. 산책이 시작되었다. 줄도 서지 않고 선생님의 훈화 말씀도 없었다. 선생님의 손을 잡고 재잘거리는 녀석, 저희끼리 도망가고 잡고, 도랑을 가운데 두고 이쪽에서 저쪽으로 건너뛰고, 가지각색이었다. 급기야 한 녀석이 도랑에 빠졌다. 녀석은 바지에 진

흙을 잔뜩 묻힌 채 친구들의 도움을 받아 기어 올라왔다. 옆에 있던 나는 그 학교 선생도 아니면서 자동 저장되어 있는 매뉴얼에 따라 얼른 교장선생님에게 보고했다. 아이들에게 손을 잡힌 채 저만치 걸어가고 있던 교장선생님이 내 전화를 받고 말씀하셨다.

"괜찮애. 간혹 뻘에 빠지는 놈도 있고 그래."

아무 일 없는 것처럼 아이들과 선생님들이 이루는 행렬이 바닷가를 돌아 학교로 이어지는 마을 길로 평화롭게 흘러갔다. 도랑에 빠진 녀석도 신발을 벗어 들고 터벅터벅 걸었다. 무릎이 까졌는데 괜찮으냐고 하니까 대수롭지 않다는 듯 씩 웃는다. 학교까지 걷는 동안 길에서 이런저런 일을 하는 어른들을 만났고 그때마다 아이들은 큰 소리로 인사했다. 마주 인사하는 어른들의 얼굴이 환했다.

"학교 가서 뭐 하니?"

하고 물었더니 아이들이 합창했다.

"놀아요!"

교장선생님은 한술 더 떴다.

"이렇게 학교까지 걸어가자면 한 시간은 걸려. 학교 가서도 점심밥은 저희가 준비하기 때문에 식사 준비한다, 뭐 한다, 하다 보면 어느새 오전이 다 지나가지."

"교장선생님도 수업을 하세요?"

"응. '고전산책'이라고, 말 그대로 산책이지. 이렇게 밖에 나와 걷기도 하고 좋은 선생님들 모셔서 강의도 듣고 그렇게 한 학기 보내고 나서 이제 뭘 했으면 좋겠냐, 물었더니 아이들이 이제 공부 좀 했으면 쓰겠어요, 그래. 하하하, 공부는 책상에 앉아서 책 들고 하는 거로 생각하는 거지."

비가 오나 눈이 오나 바람이 부나 어김없이 바다에서 마을을 돌아 학교 가는 길. 온갖 것을 보고 만지면서 온갖 상황으로부터 배우는 아이들, 날마다 아이들과 함께 학교 가는 선생님들, 아침마다 선생님들과 아이들의 얼굴을 보고 인사를 나누는 마을 사람들. 그게 가능한 것은 이 학교가 국가로부터 인정받는 교육기관이 아니기 때문이다. 돈을 위해서라면 사람이 상하는 것쯤 눈도 끔쩍하지 않는 자본주의사회가 이들의 사랑과 실험을 간섭할 수 없기 때문이다. 대안학교에 아이들을 보내고 싶어도 비싼 등록금 때문에 엄두를 못 내는 사람들이 많은 게 문제가 되자 교장선생님은 정해진 액수의 등록금을 없앴다. 형편 되는 만큼 알아서 내달라고 했다. 무모한 실험이 진행되는 사랑어린배움터의 재정은 '꽤 좋은 여건'이라 할 만큼 안정적이라고 한다. 교장선생님은 그 옛날, 가난해도 식구들이 화목하고 활기가 있던 집을 이야기하셨다. 그런 학교를 꿈꾸고 계셨다. 기회가 되어 순천만 바다의 1교시에 끼어든 나는 내가 얼마나 이상한 선생 노릇을 하며 살고 있는가, 생각했다.

교장선생님을 '두더지'라는 애칭으로 부르는 아이들, 교장선생님이나 교감선생님, 부장님, 선생님이 아니라 아이들이 부르는 이름 그대로 서로를 부르는 선생님들, 스스로 밥을 지어 먹는 아이들, 공부하는 줄도 모르고 공부하는 아이들, 놀면서 자라는 아이들을 눈앞에서 보면서도 딴 세상에 와 있는 것처럼 실감이 나지 않았는데, 어찌 된 셈인지 하나에서 열까지 말이 안 되는 세월호의 정황은 속속들이 이해된다. 우리나라엔 20년으로 제한된 여객선의 운행 기간을 연장해주는 대통령이 있다. 무리한 증축을 한 배가 안전하다고 승인해주는 시스템이 있고 여객선이 뒤집힌 팽목항에 와서 방문 기념 촬영을 하는 고위 관리들이 있다. 우리나라에서 가장 크다는 여객선의 선장은 자긍심도 신념도 없는 1년 계약직 직원이고 대통령은 자기 나라 국민이 아직 물속에 갇혀 있는데도 해외순방을 떠난다. 이런 나라에서 우리 교사들은 모래 위에 성 쌓기를 한다. 공립학교에서 진행되는 일들은 어디나 비슷하므로 단원고등학교에서 안전한 수학여행을 위해 꼼꼼하게 챙겼을 조처들을 짐작할 수 있다. 미리 현지답사를 했을 것이고 진도와 제주도에 숙소를 잡고 배를 계약하고 공문을 만들어 내부 결재를 받아놨을 것이다. 여행자보험을 들었을 것이고 가정통신문도 띄웠을 테고 부모님 동의서도 받았을 것이다. 그러한 절차가 보상을 받고 책임을 면하는 데는 필요할지 모르나 생명을 살리는 것과는 아무 상관이 없는 일이라는 것을 알겠다.

사랑어린배움터의 아침 산책 길에서 전전긍긍하는 나를 보지 않을 수 없었다. 아이들의 자유, 아이들의 생기를 감당하기 어려웠다. 공립학교 교사 노릇이 이렇게도 지독한 디엔에이(DNA)를 내 몸속에 만들어주었는가 싶을 정도였다. 그렇다고 해서 내 곁에 있는 아이들을 지킬 수 있는 것도 아니었다. 학교 안에서조차 아이들은 툭하면 다치고 상처를 입었다. 사랑어린배움터의 선생님들은 아이들을 신뢰했다. 아이들이 자신을 지키고 서로 도울 힘을 가지고 있다는 것을 믿었다. 사랑어린배움터에서 순위 경쟁을 하지 않고 9학년을 어울려 지낸 아이들은 그들이 진학하는 학교의 교사들로부터 스스로 선택하고 적응하는 능력, 집중력, 학습 능력이 뛰어나다는 평가를 받는다고 했다. 두더지는 이야기했다.

"이미 자기 힘이 길러진 상태이니까."

돈과 권력이 한 몸인 국가에서는 스스로 생각하고, 정의를 선택하고, 연대하는 힘을 가진 아이들을 필요로 하지 않는다. 경쟁 시스템을 달리는 아이들에게도 교사의 이런 마음은 오히려 방해가 될지 모른다. 아이들이 필요로 하지 않는 마음일 수도 있다. 그러니 더욱 강한 열망을 가지고 아이들을 키워야 한다. 아이들의 미래를 신뢰해야 한다. 이 마음이 구체적이지 않았던 그간의 세월, 나는 교사로서 한 일이 없는 것만 같다.

'인성'을 가르치라고 한다

부득이한 경우가 아니면 학생들에게 숙제를 내지 않으려고 한다. 그들에게 시간이 없다. 국어교사로서 나도 책을 많이 읽게 하고 글을 쓰게 하고 낱말의 뜻을 외우게 하고 싶은 욕심이 일어나는 때가 많다. 특히 시험 감독 중에 학생들이 알고 있어야 마땅할 것 같은 낱말의 뜻을 물어올 땐, 그동안 내가 뭘 가르치긴 한 걸까 하는 생각마저 든다. 그러나 낱말 외우기도 책 읽기도 글쓰기도 모두 아쉬운 대로 수업 시간을 쪼개어 하고 따로 시간 내기를 요구하지 않는다. 아무리 좋은 의도를 가진 일도 짐이 되어 얹히면 편법만 자라게 할 뿐

뜻한 바에 이르지 못한다는 것을 경험을 통해 알기 때문이다. 예술을 위해서도, 학문을 위해서도, 사업을 위해서도 사람에게는 '해야 할 일이 없는' 해찰의 시간이 절대적으로 필요하다.

학교에 가면 컴퓨터를 켜기 전에 교실부터 들어가 아이들의 얼굴을 보려고 노력한다. 지시하고 전달해야 할 수많은 것들을 말하기 전에 주말에 뭐 했는지, 아픈 곳은 나았는지, 밥은 먹고 왔는지, 불편한 일은 없는지 물었는가 돌이켜 생각해본다. 이런 기본적인 일도 '노력'하지 않으면 되지 않는다. 나도 아이들처럼 시간의 빈곤에 허덕이기 때문이다.

컴퓨터를 켜는 순간 '쿨메시지' 도착 신호가 반짝이기 시작한다. 동료 교사들이 보내온 메시지에 따라 사교육비 현황 조사도 하고 학생 명부도 만들고 장학생 추천서도 쓰고 모범 학생 표창도 하면서 정신없이 하루가 간다. 종종 국회의원 요구 자료까지 준비해줘야 한다. 수업 준비는? 짬 나면 한다.

낸시 파머의 소설 『전갈의 아이』(비룡소, 2004)에는 '이짓'이라 불리는 인간 로봇이 등장한다. 미국에서 아즈틀란으로 몰래 넘어가다 붙잡힌 불법이주자들이 뇌 속에 컴퓨터 칩을 이식당한 뒤 양귀비밭에서 일을 하게 되는데 그들이 '이짓'이다. '이짓'은 목이 말라도 물을 마시라는 명령이 떨어지지 않으면 물을 마실 줄 모른다. 아무리 힘들어도 그만 쉬라는 명령이 없으면 쉬지 않고 일하다 쓰러져 죽는다. 나를 비롯한 우리 교사들의 뇌에 우리도 모르는 사이 악성 칩이 이식된 게 아닌가, 싶을 때가 있다. 이것이 우리 교사가 꼭 해야 하는 일일까? 학생들을 위해 정말 필요한 일일까? 너무나 당연한 문제 제기를 이제 우리는 하지 않는다. 하는 법도 잊어버렸다. 하라면 그냥 하는 거다. 너무 바빠서 묻고 따질 틈이 없다.

2014년 12월, '인성교육진흥법'이 국회를 통과했다. 인성교육을 의무로 규정한 세계 최초의 법이라고 한다. 2015년 7월 21일부터 시행된다는데 인성교육의 당자인 학생들과 우리 대부분의 교사들은 이런 희한한 법이 준비되고 있는 줄도 몰랐다. 갑자기 왜 이런 법이 생겨났는지 맥락도 모르는 채 전국의 초중고교 교사들은 인성교육 계획을 교육감에게 보고하고 '인성에 바탕을 둔 교육과정'이란 것을 운영하며 인성교육 연수를 의무적으로 받을 것이다. 학생부엔 학생들의 인성 발달 상황을 기록해야 한다. 세월호 참사가 '인성교육진흥법'의 배경이라고 한다. 세월호 참사로 우리 사회의 인성이 무너진 것이 확인됐으므로 학교에서부터 '인성'을 가르쳐야 한다는 것이다. 이런 말을 아무렇지도 않게 하다니, 이런 말을 아무렇지도 않게 하도록 만들다니, 우리는 '바보 이짓'이 맞는가 보다. 적어도 그들이 우리를 그렇게 보도록 만든 것은 틀림없는 것 같다.

독서 모임의 김선 선생님이 "돈 주고 배우는 인성? '착한' 괴물이 자란다"는 정은균 선생님의 『오마이뉴스』 글을 밴드에 올려주었다.

'인성'의 활용은 역사가 오래된 모양이다. 일제가 사범대학을 세워 교원들을 충당할 때 야심 있고 똑똑한 조선 청년들이 사범학교에 들어가기 위해선 높은 성적과 함께 '검증된 인성'이 필요했다는 것이다.

일제는 예비 교원의 인성을 검증하기 위해 보통학교 교장의 비밀 추천서인 '내신(內申, secret letter)' 제도를 도입했다. 우리가 일상적으로 쓰는 '내신'이란 말은 사실 "이 학생은 조선 독립 사상을 가르칠 염려가 없는, 천황 폐하에게 충성할 수 있는 학생임"을 밝혀주는 사상 검증서를 뜻하는 것이었다. 내신제도 덕분에 일제는 일왕에 대한 충성심이 보증된 조선인을 받아들여 교사로 양성할 수 있었다. 식민지의 조선 학생들은 일본인이 아니라 동족 출신 교사로부터 황국신민화 교육을 받았다. 일제가 세운 사범학교 출신의, 일본인보다 더 일본인 같은 조선인 교사들은 학생들에게 일왕을 우러르고 일장기를 향해 부복하게 했다. 권력자를 향한 무조건적인 복종, 규율에 대한 순종이 학교 시스템을 지배하기 시작했다. '황국신민의 서사(誓詞)'와 같은 충성 서약문이 나와 조선 사람들의 의식을 지배하기 시작했다.

그리고 2015년 다시금, 대학이나 기업이 인성을 평가 요소로 활용하겠다고 '벼르고' 있다 한다.

언론 보도에 따르면 인성교육 강화 및 대입 반영 확대가 교육부의 2015년 주요 업무 과제 중 하나로 제시됐다고 한다.

한국대학교육협의회는 2017학년도 입시에 보육·사범대학 중심으로 학교생활기록부상의 인성 발달 사항을 핵심적으로 반영하기로 했다. 2017학년도 전문대학 입시에서 인·적성을 평가하는 '비교과 전형'으로 선발하는 인원이 2016학년도 대비 196%가 늘어난다. 대입 수시모집에서 인성 면접을 신설하기로 한 대학도 등장했다고 한다.

사교육 시장이 가만히 있을 리 없다. 인성 평가와 관련된 교육부 인증을 받기 위해 '인성 프로그램'을 개발하거나, '인성교육 실천 인증 급수제'를 논의하는 민간 교육 단체들이 생겨나고 있다고 한다. 5월 15일 자 『경향신문』 보도 "자격증·시험 213종에 사설 교육기관 급증—상품이 되어버린 '인성교육'"에 따르면, 한국직업능력개발원에 등록된 인성 관련 자격증 및 자격시험만 213종에 이른다고 한다. 인성 관련 자격증은 60여 종에 불과했던 지난해 4월에 비해 2배 이상 늘어났다. 인성교육이 돈이 된다는 말이다.

'인성교육'이 돈이 되는 것을 떠나 학생들에게 또 하나의 숙제로 얹히겠다. 숙제로 얹힐 뿐 아니라 뇌 속의 칩이 되겠다. 이런 상황에 마시라, 하기 전에 마실 수 있겠는가? 쉬라는 명령을 듣기 전에 쉴 수 있겠는가? 너무 괴로운 이야기만 쓴 것 같다. 닥칠 일이라고 해도 알고 맞이하는 것과 모르고 당하는 것은 다를 것이라 생각했다. 처한 곳을 알아야 최선의 출구를 찾을 수 있을 테니, 정신 차리고 앞뒤를 더 살피며 살아야겠다고 마음을 추스르는 중이다.

별

양 떼를 끌고 떠도는 사람들,
양 떼가 풀밭 위에 누워 쉴 때
목자가 할 일은 그리 많지 않았을 것이다.

밤늦은 시간, 보령아산병원 장례식장에서 돌아오는 길에 어느 마을 입구에서 방역 소독약을 뒤집어썼다. 날씨가 매워서 차 유리가 그대로 얼어붙었다. 길옆에 마침 문을 닫은 조그만 구멍가게 마당이 있어 차를 세우고 얼음이 녹기를 기다리는 동안 캄캄한 산등성이 위에 돋아난 별들이 눈에 들어왔다. 참 오랜만에 별을 보는 것 같았다.

이 추위에 경희는 아버지를 어떻게 보내드리나. 식구들이 모여서 재미있게 지내고 있는 중에 갑자기 심장마비를 일으키셔서 말씀 한 마디 남기지 못하고 숨을 거두셨다고 한다. 경희 아버지는 오토바이에 꽃게를 싣고 대천에서 내가 일하는 청양중학교까지 달려오실 만큼 청년 같은 분이었다. 그냥 택배로 보내라고 딸내미가 말려도 택배차 안에서 뒹굴어 꽃게 다리가 떨어진다고, 싱싱할 때 얼른 가져다주고 싶다고 딸내미 눈치를 살피다가 허락이 떨어지자마자 달려가셨다고 경희가 전화로 한바탕 중계했다.

경희의 부모님은 딸이 잠시 우리 집에 묵었던 걸 고마워하셨는데 그건 내게도 고마운 동거였다. 절에 있던 경희가 보령 집으로 돌아가는 길에 한 일주일 묵어가려고 우리 집에 잠시 들른 것이 6개월이나 갈 줄은 저도 나도 몰랐다. 퇴근하면 우리 집에서 밥 냄새, 찌개 냄새가 나는 게 신기했다. 출근하고 나면 그냥 비어 있던 집이 핸드폰에 '프로 시인 갱이(경희)'라고 자기 이름을 입력해놓은 후배의 집필실이 되었다. 집값이 덜 아까웠던 시간이었다. 나중에 경희가 부모님이 사시던 작은 아파트를 물려받아 우리 집을 떠나게 되었는데 약간 걱정이 되었다. 처음엔 우리가 같이 살 만큼 교류가 깊은 사이는 아니었다. 그런데 함께 지내는 동안 정이 들어서 경희가 가고 나면 한동안 슬플 것 같았다. 저녁마다 제가 쓴 시를 읽어주는 그 목소리도 생각날 것 같고 단벌 추리닝을 입고 거울 앞에서 탱고를 추던 모습도 떠오를 것 같았다. 경희는 올 때와 똑같이 가방과 쇼핑백 하나를 달랑 들고 떠났다.

독립했다는 집을 구경하려고 강병철 선배님과 보령에 놀러 갔더니 부모님 댁이 가깝다고 뵈러 가자고 했다. 경희 아버지와 어머니께서 마치 가정방문 온 담임교사를 맞이하듯 문밖까지 달려 나오셨다. 얌전하게 배꼽 인사를 하시는 어머니에게 경희가 타박을 했다.

"엄마, 내가 그러지 말랬지. 그냥 평소대루 하라니께, 자꾸 교양 떨래?"

다정하고 유쾌한 집이었다. 웃음과 눈물이 함께 푸짐하고, 목소리가 크고 괄괄하고 후다닥거리며 돌아다니는 경희 성품이 조각 모음하듯 꼭 들어맞는 가족이었다. 부모님은 경희가 시 쓴다고 돌아다니기만 하고 시집을 안 간다고 하소연하시면서 경희를 잘 부탁한다고 몇 번이나 고개를 숙이셨다. 병철 선배님은 황송하여 몸 둘 바를 몰라 했다. 잠깐 앉아 있었는데도 한나절은 함께 지낸 것처럼 친근한 느낌을 가지고 돌아오는데 아버지가 농사지은 양파를 한 자루씩 번쩍번쩍 들어서 실어주셨다. 작년 여름의 일이다.

사랑하는 가족의 죽음 앞에서 속수무책 이별을 견디는 일뿐, 사람이 할 수 있는 일이 아무것도 없다는 사실을 쓸쓸하게 다시 확인한다. 흰 눈, 풀, 나무, 하늘, 별, 돌, 새, 사람…. 그 말들이 똑같은 느낌, 똑같은 무게로 다가온다.

> 양 떼 옆에 무료히 앉아 목동들은
> 하늘을 보았을 것이다
> 산도 보았을 것이다.
> 시간을 보내야 했을 것이다.
> 할 일이 별로 없었다.
> 논문, 강의, 사업, 스포츠, 예술
> 그런 일이 아니었다.

가게 마당에서 하늘의 별들을 쳐다보면서 멍하니 있는 동안 재작년 성탄 이브에 단비교회 목사님께서 하신 말씀들이 떠올랐다. 할머니와 부모님과 경희네 3남매가 살았다는 13평 아파트는 경희 혼자 살기에 딱 맞아 보였다. 경희 아버지는 거실을 조금이라도 넓히기 위해 싱크대와 주방 기구들을 베란다로 옮겼다. 이 집에서 식구들은 각자 애쓰고 살았을 것이다. 논문, 강의, 스포츠, 예술을 위해서가 아니라 먹고살기 위해서. 경희는 여고를 졸업하고 7년간 대천유선방송에 다녔다. 엄마가 시장에서 돌아오실 시간에 맞춰 엄마가 좋아하시는 드라마를 재방했다고 한다.

"경희가 유선방송국에서 십구금 야동을 틀던 시절에…."

지금은 글 쓰는 선배들이 놀려도 푸하하하 같이 웃어대지만 유선방송국에 앉아 있는 건 문학을 공부하고 싶은 당시의 경희에게 너무나 괴로운 일이었다. 그 애가 유선방송국이라는 데 앉아서 한 일도 논문, 강의, 스포츠, 예술 같은 고상한 일이 아니었다. 양 떼 옆에 앉아 있는 목동들처럼 유리창 너머 하늘을 무료히 보았을 것이다. 시간을 보내야 했을 것이다. 할 일이 별로 없었을 것이다. 목사님은 동방박사들이 어쩌면 별점을 치는 사람들이었을지 모른다고 했다. 보이지 않는 인간의 미래와 운명을 생각하는 가난한 사람들이었을 것이라고 하셨다. 사람의 역할이 아닌 신의 영역을 바라보는 감성이 싹트는 것은 인간으로서 속수무책인 상황에 놓일 때가 아닐까 모르겠다. 눈을 들어 하늘과 별과 구름 같은 것들을 오래오래 바라볼 때. 동방박사들이 아기 예수의 탄생을 계시받은 때도 그런 때가 아니었을까. 제가 아무것도 아니라는 걸 자각하는 아픔이 바로 확장이다. 그래서 밑바닥에 있는 이들이 신의 뜻을 담는 그릇이 될 수 있는지도 모른다.

　경희 어머니는 이제 어찌하느냐고 우셨다. 어머니를 꼭 안고 있을 뿐, 감히 어찌해야 한다고 드릴 말씀이 없는 게 당연했다. 사람의 약한 몸뚱이가 참 슬프다. 힘없는 우리들의 가계가 참 슬프다. 그러니 서로 더 따뜻한 손을 내밀어 꼭 잡고 사는 데까지 살아야겠다. 하늘의 별을 보면서. 인간과 하나도 다르지 않은 풀과 나무와 돌들 틈에서 신의 말씀에 귀를 열고 살아야겠다. '프로 시인 갱이'는 정말로 시인이 되었다. 아버지와 어머니와 이웃 사람들과 뭇 생명을 이야기하는 시인 박경희가 되었다.

___ 본문의 인용 글은 천안 단비교회 정훈영 목사님의 설교 중에서 끌어 씀.

글을 낳는 '집'

　메모를 보지 않고 외울 수 있는 주소가 두 개 있다. 충남 연기군 금남면 영대리 185번지, 그리고 전남 담양군 대덕면 용대리 555번지. 앞의 주소에 있는 집은 이제 집이 아니다. 식구들이 도시로 떠난 뒤, 뒤따라 아궁이의 솥들도 어딘가로 빠져나가고 장독의 항아리며 마당의 돌절구가 하나하나 사라지더니 마침내는 수수깡이 앙상하게 드러난 흙벽이 지붕을 떠안고 함께 무너지는 중이다. 언젠가는 살림을 다시 일으키겠다는 다짐을 하면서 이삿짐을 싼 식구들은 돌아가지 못했고 마음뿐, 아무도 폐가를 돌볼 여력이 없다.

내 생의 두 번째 집은 전남 담양군 대덕면 용대리 555번지. 글 쓰는 작가들에게 석 달씩 집필실을 내어주고 세끼 밥을 챙겨주는 창작촌 '글을 낳는 집'이다. 학습연구년이라는 1년간의 꿈같은 휴가를 받고 창작촌을 처음 찾아가던 날 논산천안고속도로에서, 고창담양, 광주대구, 호남고속도로까지 놓치지 않고 갈아타느라 긴장했는데 마지막에 창평인터체인지로 나가는 길을 놓친 뒤부터는 초행길이 험난했다. 10월의 해는 짧아 초저녁부터 길은 이미 어둠 속에 묻혀버렸고 촌장 김규성 시인은 제대로 찾아오는지 근심이 되어서 전화를 네 번 하셨다. 잘 찾아가겠다고 안심을 시켜드렸지만 그때는 헤매고 있는 곳이 광주인지 담양인지도 분간이 안 갈 때였다. 내비게이션이 계속 경로 이탈 경고를 하는데 마침 바다 건너 제주도에서 소설가 오을식 선생님으로부터 전화가 왔다. 선생님은 몇 마디 말만 듣고도 내 위치를 간단히 짚어내고 길 안내를 해주셨다. 대덕면사무소 지났어요? 참사랑병원 나왔죠? 이제 곧 산길인데 좀 무서울 거예요. 그 말씀 끝나자마자 가로등도 없는 깜깜한 산길이 구불구불 나타났다. 자동차의 헤드라이트가 비추는 어둠뿐, 산속엔 아무도 없었다. 바로 그 아무도 없는 어떤 장소를 고대하며 찾아가는 중이었다. 바쁘게 얽혀 살다 보면 '내가 아는 사람, 나를 아는 사람이 아무도 없는 어떤 곳'이 절실해질 때가 있다. 관계가 요구하는 온갖 자질구레한 의무로부터 풀려날 수 있고, 쉴 수 있고, 하고 싶었던 한 가지 일에 이기

적인 집중을 할 수 있는 곳. 드디어 그곳으로 가고 있는데 캄캄한 산
길에 들자 갑자기 뭣에 떠밀린 것처럼 주춤거려지고 그냥 집에 돌아
가 방도 닦고 옷장 정리도 하고 화분에 물도 주고 싶은 이상한 마음
이 생기는 것이었다.

"산 다 넘었죠? 이제 들판이 나올 건데, 표지판이 아주 작아서 지
나치기 쉬워요."

창작촌에 다리를 놓아주신 죄로 오 선생님은 도착할 때까지 전화
를 내려놓지 못하셨다. 표지판을 못 보고 지나친 뒤에 용대리 버스
정류장에서 차를 돌려 80미터쯤 되돌아갔다. 그제야 '글을 낳는 집',
'세설원'이라 쓴 작은 팻말 두 개가 나란히 눈에 들어왔다. 팻말이 가
리키는 방향으로 몇 점 불빛이 보였다. 옛날이야기 같은 불빛을 향
해 농로를 따라갔다. 마당에 들어서자 개들이 에워싸고 짖어댔다.
촌장님 부부가 개들을 물리치며 맞이해주셨다. 내가 묵을 곳은 뒷산
을 향해 난 외딴방이었다. 방 앞에 켜둔 알전구에 모여든 나방들이
어지럽게 날고 있었다. 촌장 사모님이신 김선숙 선생님이 방을 안내
하고 돌아가시면서 말씀하셨다.

"바로 옆이 저희 방이에요. 무서워하지 말고 푹 주무세요."

그 말씀이 푸근했다. 방 안엔 침대와 책상과 서랍장이 하나씩 단
정하게 놓여있을 뿐 자질구레한 물건이 없었다. 바라던 공간이었다.
어둠 속에 눕자 긴장이 풀리면서 비로소 낯선 공간을 원하던 초심이

돌아왔다. 오랜만에 맛보는 적막강산, 아무 소리도 들리지 않았다.

영웅이! 까미! 복들이!

다음 날 아침 개들을 불러 야단치는 촌장님의 목소리에 잠을 깼다. 개들은 밤새 집을 지키는 의무를 소홀히 하고 싸돌아다니다 와서 혼나고 있었다. 어린 시절을 보낸 옛집의 아랫목에 돌아와 있는 것 같은 착각에 빠졌다. 소리 때문일까? 마당의 잔돌을 잘그락잘그락 밟으면서 부지런히 움직이는 소리, 안채 부엌에서 달그락거리는 그릇 소리, 고양이 야단맞는 소리. 냄새 때문일까. 구수한 국 냄새, 찌개 냄새, 밥 냄새를 꿈결같이 느끼면서 다시 잠 속으로 빠져들어 가는 순간이 달고 아늑했다. 아직 대면하지 않은 작가들이 텃밭으로 뒤뜰로 오가는 것도 느껴졌다. 이불을 감고 마음껏 게으르게 누워 있었다. 내게 고향이 있다면 고향의 아침은 이렇지 않을까? 작가들이 '글집'이라는 애칭으로 부르는 담양 창작촌, '글을 낳는 집'에서 맞이한 첫날 아침이었다.

어둠이 걷힌 뒤 다시 보니 '글을 낳는 집'은 울울창창한 소나무 산 아래 고즈넉한 외딴집이었다. 큰길로 나와 바라보면 집 앞으로 이삭이 영근 논이 펼쳐져 있고 논과 창작촌 사이 맑은 도랑이 흘렀다. 세상에 묻히지 않게, 너무 멀찍이 물러서지도 않게 부드러운 선을 그으면서 동시에 이어주는 도랑과 들판이었다. 마당엔 된장, 고추장, 산야초 효소, 식초같이 귀한 것들이 담긴 옹기 항아리들이 늘어서 있는데 얼핏 보아도 대를 이어 내려온 전통 옹기들이었다. 이런 살림에 쓸 청정한 석간수를 얻기 위해 사방 500미터 안에 민가가 없는 곳을 골라 긴 시간 발품을 팔았다고 했다. 그러니까 이곳은 김규성 시인을 비롯한 작가들에겐 '글을 낳는 집'이면서 약초를 연구하고 효소를 담그는 사모님의 살림터로서는 '세설원(洗舌圜)'이라 불리는 곳이었다. 좋은 이름이었다. 세심하게 고르고 손질하고 묵혀 발효시키고 걸러내는 언어 또한 혀를 먼저 씻어내는 약초 같고 효소 같은 것일 테니. 공들인 터전을 생면부지의 작가들과 나누는 마음은 무엇일까? 같이 글을 쓴다는 것 말고는 다른 끈이 없는 이들을 맞이하여 한집 안에서 부대끼고 사는 일, 사람을 좋아하고 여유 있게 품는 품성 아니고는 안 될 일 같다. 이 마당에 서성이게 된 인연이 새삼 고마웠다.

그 아침, 구절초꽃 묶음을 들고 산책에서 돌아오는 시인과 만났다. 구절초 시인이 마당 끝에 있는 사람을 불러 인사를 시켜주었는데 그는 시나리오작가였다. 누가 꺾어 버린 꽃을 길에서 주워 들고 온 시인은 미소와 어휘가 깨끗한 선비였고 솔직담백한 화법을 가진 시나리오작가에겐 허약한 문인 기가 없었다. 청바지에 긴 외투를 걸치고 나타난 곱슬머리 멋쟁이는 프랑스에서 온 시인이었다. 프랑스 시인은 밭에 나와 쇠스랑을 들 때도 선글라스와 청바지를 장착했다. 며칠 지나지 않아 우리는 비 오는 강천산의 단풍 아래서 넋을 잃고 있었고, 정신을 차려보면 가마골 계곡의 빨치산 사령부 앞에서 왁자하게 어울리고 있었다. 김삿갓을 주인공으로 글을 쓰고 있는 시나리오 작가를 따라 김삿갓 방랑의 종점인 화순 동복으로, 그의 시비가 있는 물염정(勿染亭)으로, 단풍이 붉은 적벽(赤壁)으로 몰려다녔으며 비 오면 호박전 앞에 마주 앉고, 화창한 날엔 마당에서 같이 국수를 먹었다. 그렇게 놀고 웃고 유쾌하게 어울려 산 적이 없다. 그렇게 웃는다는 것이, 그렇게 가볍다는 것이, 그렇게 편안하다는 것이 신기했다. 앞으로 나는 밝고 경쾌한 글을 쓸 수 있겠구나, 그런 예감도 들었다. 촌장님은 작가들에게 담양의 곳곳을 펼쳐주시느라 백번도 더 갔다는 소쇄원에 백한 번째, 백두 번째, 걸음을 보태셨다. 누가 글을 써야 한다고 짐짓 빼면 목소리도 크지 않고 말도 많지 않은 촌장님이 특유의 소리 없는 웃음을 띠고 말씀하셨다.

"이 사람아, 글을 일삼아 쓴가, 술 한잔 묵고 이따 밤에 쓰면 되지."

촌장님 말씀대로 작가들의 방은 밤 이슥하도록 불이 꺼지지 않았다. 늦은 밤, 밖에 나와 뻣뻣해진 목과 허리를 풀면서 작가들의 불 켜진 창문을 바라보면 애틋한 마음이 들곤 했다. 안 쓰면 누가 잡아먹겠다고 하는 것도 아닌데, 안 써도 세상은 별 탈 없이 돌아갈 텐데, 돈을 벌고자 한다면 가장 비효율적인 일이 글 쓰는 일일 테고, 터전을 위한 일이라면 어린나무 한 그루 사서 심는 게 더 나을 수도 있는데, 우리는 세상이 간절히 원하지도 않는 일을 하느라 밤을 새우고 있구나. 그러니, 아름다운 일이 아닌가. 풀벌레와 개울물 소리만 들리는 밤, 불빛이 환한 작가의 창은 쓸 만한 풍경이었다. 새벽까지 불이 꺼지지 않는 곳은 촌장님의 방이라고 했다. 작가들이 인정하는 촌장님의 어마어마한 독서와 창작이 과연 술 한잔 마시고 난 밤마다 진행되는 중이었다. 촌장님은 입주 작가들의 작품에 대해 세심하게 알고 있었고 장점을 존중하고 격려했다. 그의 핸드폰 메모리엔 시작(詩作)을 위한 메모가 날마다 새롭게 채워졌다. 각자 다르기도 하고 별나기도 한 작가들이 한 지붕 아래서 탈 없이 석 달을 살고 나가는 창작촌의 중심에는 긴장과 탄력을 놓지 않는 선배 시인이 있었다.

창평 장날, 장 구경도 할 겸 사모님의 부탁을 받고 말려두신 작두콩 꼬투리를 덖으러 나갔다. 작두콩차는 비염에 좋다고 한다. 창평 장터는 국밥이 유명해서 여기저기 국밥집이었다. 작두콩을 방앗간에 맡긴 뒤에 우리도 국밥 한 그릇씩 먹고 두부와 생선을 사고 콩엿도 사 먹었다. 창평엿은 지나치게 달지 않고 이에 달라붙지 않는 것이 특징이었다. 엿을 먹지 않는 나도 엿 조각을 입에 물고 다녔다. 죽세공품이 많고 채소도 많고 닭이 있고 고양이를 파는 창평 장터에 방앗간에서 기름 짜는 냄새가 고소하게 맴돌았다. 실컷 돌아다니며 놀다가 누군가 말했다.

"이제 집에 가자, 집에 가서 백아산 막걸리에 두부김치 먹자. 사모님께 국수도 삶아달라고 하자."

그래, 그래, 하면서 차에 올랐다. '글을 낳는 집'에서의 매 순간이 감동이었지만 그중에서도 가장 깊은 여운으로 남아 있는 장면이다. 아무렇지도 않게 "이제 집에 가자"라고 말하는 우리가 성말 식구 같았다. 오랜만에 글을 쓰고 싶다는 생각을 했다. 밖에 나갔던 식구들이 이렇게 웃고 떠들면서 집에 돌아가는 이야기. 우스갯소리와 실없는 웃음을 섞어 버무리면서 속으로는 서로의 고단함을 알아주면서 사는 이야기. 나는 특별히 살고 싶은 곳도 없고 주택 마련 계획 같은 것도 없는 사람이었다. 사람들과 얽히고설키는 것도 좋아하지 않았다. 그래서 유목에 가까운 정서인 줄 알았다. 그런데 집이라니, 그것도 낯선 창작촌에서.

언제나 그렇듯 상냥한 미소를 띤 사모님이 국수를 쟁반에 받쳐 들고 마당으로 나오시자 작가들이 환호성을 지르며 쫓아가 받아 들었다. 마당에 즐비한 항아리에서 약초연구가인 사모님의 효소와 식초가 발효되고, 냄새에 취한 벌들이 잉잉거렸다. 항아리들 사이로 백합꽃이 피고 고양이가 나비를 쫓았다. 이 복된 풍경은 동화작가 곽영미 선생에 의해 예쁜 그림동화로 탄생했다. 입주 작가들이 누리는 기쁨 가운데 제1번이 사모님의 음식이라는 데 모든 작가가 동의한다. 아침 8시, 단잠을 깨울까 봐 가만히 내려놓고 가시는 하루치의 국과 반찬을 먹다 보면 내가 이 밥상을 받을 자격이 있나, 생각하지 않을 수 없다. 약초나물, 젓갈, 생선찜, 토란국… 정갈하고 맛깔스러우며 감칠맛 나는 반찬들 앞에서 수저를 쉽게 내려놓을 수가 없다. 공덕 중에서도 큰 공덕이 먹여주는 공덕이라는 말이 떠오른다. 비가 오는 구죽죽한 오후엔 애호박부침개 접시가 창문을 넘어왔고 밤늦도록 입주 작가들과 어울려 술을 마신 다음 날 아침엔 북엇국이 속을 달래주었다. 작가들은 그것을 '세설원(洗舌園) 정식'이라고 불렀다. 담양은 떡갈비도 유명하고, 팥칼국수도 맛있지만, 음식의 궁합과 효소와 식초로만 맛을 내는 사모님의 음식을 먹는 동안 입이 까다로워진 작가들은 외식을 반기지 않았다. 날마다 약초 손질하랴, 효소 살피랴, 작가들 밥 챙기랴, 집필실로 마당으로 화덕으로 장독대로 텃밭으로 효소창고로 종일 사모님의 발걸음 소리가 들려오는 창작촌에서 밥만 축내는 건 불가능한 일이었다.

"내가 오늘 밥값을 했나?"

그날의 작업량을 가늠하는 표현 속에도 사모님의 맛있고 따뜻한 밥이 있었다.

'글을 낳는 집'은 이름 그대로 '집'이었다. 밥이 있고 고단한 팔다리를 고루 펴주는 잠이 있고 마주 앉아 밥을 먹는 식구들이 있고 어떤 분쟁도 손가락질도 집 안까지 따라 들어오지 못하도록 울타리가 되어주는 어른이 있는, 내가 생각한 집은 그런 곳이었다. 다시 일어나 바람 앞에 서기 위해 숨을 고르는 곳, 자신을 칭찬할 용기를 얻는 곳, 자신을 벌할 힘을 얻는 곳. 누군가 자기를 비루하게 느낄 때 집을 떠올린다면, 그의 집엔 어른다운 어른이 있다는 뜻이라고 생각한다. 그러나 다사다난을 겪는 대개의 사람들에게 집이란 어깨에 얹힌 짐이며, 어찌할 수 없는 회한이며, 바깥보다 더 암울하고 치열한 전장 같은 곳일 때가 많지 않은가. 그러므로 내가 창작촌에 기대한 것은 오직 단절과 소외였다. 너절한 일상, 복잡한 인간관계, 온갖 대소사로부터 합법적으로 멀어진 거리, 모든 장소에서 소외된 시간. 그런데 그곳에서 뜻밖에도 거미줄에 열린 아침 이슬처럼 빛나는 '집'을 만난 것이다.

창작촌에 머무는 동안 나의 과제는 청소년들이 읽을 수 있도록 노자(老子)를 풀어 쓰는 일이었다. 아이들의 현실, 아이들이 자라는 동안 마주치게 될 수많은 상황에 힘 있는 벗이 되어줄 노자의 매력을 짚어내는 일은 어렵고도 즐거웠다. 책 읽고 산책하고 놀고 원고를 쓰다 잠자리에 들면 깨끗하고 편안한 잠이 찾아왔다. 촌장님이 마실 나간 개를 불러들이는 소리에 눈을 뜨는 아침이 좋았다. 나의 평화와 명랑이 좋았다. 『내 인생의 첫 고전─노자(老子)』를 마무리하여 출판사에 넘겼다. 『내 인생의 첫 고전─장자(莊子)』도 시작했다. 단절과 소외로 중무장하고 자연을, 만물일화(萬物一花)를 이야기할 수 있을까? 내가 묵은 방은 때죽나무 한 그루가 지키는 외딴방이었으나 부엌으로, 마당으로, 어린 측백나무들이 자라는 뒷산으로, 사람들의 마을로, 사통팔달 이어지는 방이었다. 나뭇잎 덮인 웅덩이 아래 가재처럼 숨어 살고 싶었던 시간, 가장 많이 돌아다니고 가장 잘 먹고 가장 많은 이야기를 나누면서 지냈다. 아이들에게 다가갈 글을 쓰기에 조금은 더 적합해져 있는 나를 느꼈다.

웃으면서 기다리자

레스토랑 '나무블루스'

'나무블루스'의 파리 방지용 비닐 커튼을 양쪽으로 걷어내며 들어온 손님들은 의아한 표정으로 어두컴컴하게 비어 있는 실내를 훑어본다. '문 닫은 집인가?' 속으로 그렇게 생각하는 게 분명하다. 무쇠 난로가 가운데 있고 김광석과 체 게바라, 노무현, 정태춘, 전태일, 자메이카의 전설적인 레게 가수 밥 말리의 사진 등이 프린트된 걸개를 배경으로 기타와 드럼과 키보드가 무대를 이루고 있다. 제한적이지만 조금은 비밀스러운 개인 공간을 제공하는 다른 레스토랑의 식탁 배치와 달리 나무블루스의 식탁들은 전체 공간 안에서 담백하게 드러난다. 아늑하고 아기자기한 실내장식을 기대하면서 들어온 손님들은 돌아서서 나가고 주인은 굳이 잡지 않는다.

꼭 필요한 만큼, 할 수 있는 만큼만 마음을 쓴다고 할까? 나무블루스의 식탁이 음식을 차리는 데 부족함이 없는 식탁일 따름이듯, 빨간색 테이프를 붙여서 만든 '나무블루스'의 나무토막 같은 글씨로 된 간판도 이름을 알리는 데 충실한 그냥 간판이다. 그래도 자세히 들여다보면 '나무'와 '블루스'의 빨강의 명도가 좀 다르다. 두 가지 색깔을 쓴 거다. 아무렇게나 찍찍 붙인 건 아니라는 뜻이다. 초창기 나무블루스의 메뉴는 딱 두 가지, 돈가스와 낙지볶음이었다. 낭숙 씨가 할 줄 아는 요리가 그것밖에 없다고 한다. 그런데 그 두 가지가 의외로 맛있다. 돈가스는 두툼하고 바삭바삭하며 쫄깃하고 낙지볶음은 매콤하여 입맛이 당긴다. 밭에서 뜯어 온 채소로 반찬을 하고 자기가 만든 모과차를 후식으로 주는, 그러니까 식구들이 먹는 음식과 손님이 먹는 음식이 같은 집이다. 할 줄 아는 게 없다더니 빈말이었던 듯, 레스토랑에 손님다운 손님의 발걸음이 거의 끊기면서 낭숙 씨는 손님의 뜻과 상관없이 주방장의 권한으로 그때그때 있는 재료에 따라 된장찌개에 나물을 무쳐 따스한 밥을 차려주기도 하고 비 올 땐 풋고추를 따고 부추를 베어다가 전을 부쳐준다. 바비큐 통에 구워주는 두툼한 삼겹살과 소시지를 안주로 나무블루스의 술을 바닥내고 가는 술꾼들도 있다.

십 년의 지독한 시간, '나무블루스'

블루스 음악을 하는 뮤지션 김유신은 동갑내기 친구다. 김유신이 사교적이지 않고 나도 별 차이 없는 사람이라 한 다리 건너 알게 된 뒤 마음은 절친했으나, 한동안 예의를 지켰는데 김유신의 아내 최낭숙이,

"친구 해 친구. 그만, 말 놔."

하고 친구를 맺어줬다. 김유신은 2009년 겨울에 식솔들을 끌고 갑사 근처 외딴집에 세를 들었다. 도시 살림을 정리하고 남은 돈을 들고 아내 최낭숙에게 이렇게 말했다고 한다.

"이걸로 우리 3년간 쓰자. 그동안 내가 음반을 세 개 낼게."

별말 없이 고개를 끄덕여준 아내에 대한 고마움과 미안함을 김유신은 '신기한 사람, 바보 같은 사람'이라고 돌려 말했다. 그러니까 나무블루스는 레스토랑일 뿐 아니라 비바람으로부터 김유신 가족의 잠을 지켜주는 보금자리이고, 십 년 작정하고 우리 음악의 몸을 만들어보겠다고 결심하여 찾은 작업실이다. 팔목이 부어서 연주를 못

할 정도로, 산에 가서 큰 나무를 끌어다 땔감을 마련했다. 전기 배선을 다시 하고 보일러를 고치고 오랫동안 비워둔 집을 김유신과 아내 최낭숙, 제법 일을 거드는 의젓한 아들 휘연이, 기쁨 담당 딸내미 세연이까지 온 식구가 힘을 합해 알뜰하게 손보았다. 이웃에 사는 화가 정해정 씨가 천을 마름질해 커튼도 달아주고 화장실 벽에 그림도 그려주었다. 선배 소설가와 시인이 찾아와 출판기념회를 하고 근방 학교 선생님들이 침침한 불빛 아래서 미간을 좁혀가며 독서 모임을 했다. 나무블루스는 그와 그의 식구들을 사랑하는 지인들의 축복과 응원 속에서 새롭게 출발했다. 계획대로라면 지금쯤 세 개의 음반이 있어야 한다.

십 년이면 될 줄 알았다고 김유신은 말했다. 그가 만들고자 하는 '우리 음악의 몸'이란 게 뭘까? 민중운동의 방편으로 음악을 시작한 그는 문화운동가로서 파업이나 시위 현장에서 노래했고 대전 · 충남 민예총 음악분과장을 맡아 일하기도 했다. 그러는 동안 우리 가사를 담을 그릇이 필요하다는 생각을 했다. 일제강점기 보급된 엔카풍의 군가와 닮아 있거나 발라드풍의 감성적인 투쟁가는 표현하고자 하는 내용과 곡이 서로 맞지 않을 때가 많았다. 노동자들이 소주 한잔 마시면서 쉽게 배우고 금방 따라 부를 수 있는 장점은 급박한 당시 상황에서 필요 불가결한 것이었으나, 김유신은 궁극적으로 노래는 자기 발전의 경로를 찾아가야 한다고 생각했다. 그렇지 않기 때문에 저잣거리에서 저절로 생겨나고 이어져야 할 노래가 대학에서 생산되고 보급되는 형식을 취할 수밖에 없으며 그렇게 생산된 노래는 결국 생명력을 갖고 발전해나가지 못하고 박제화될 것이라 짐작했다. 엔카는 가져다 쓰기 편한 그릇이었고 대중 설득이라는 의도에 적합했으나 음악이라는 문화가 정치의 하부에서 단기간 도구화되는 느낌을 떨칠 수 없었다. 선전 선동이 당면한 상황에서 역할은 할 수 있지만 음악의 핵심은 아니라는 것이 그의 생각이었다.

"노래가 새 영역을 가지려면 자기 옷이 있어야 한다. 그렇지 않으면, 10년 뒤엔 우리는 노래방에서나 〈그날이 오면〉을 부를 것이다."

그 생각이 그를 변방에 세웠다. 일이 끝나면 바에 모여 음악을 하고 그 속에서 술을 마시고 이야기를 하는 영국인들, 음악을 들으면서 축구를 보고 음악 속에서 술을 마시는 옛 소련인들, 그렇게 수 세기에 걸쳐 형성된 집단적 정서가 있는 것처럼, 수 세기에 걸쳐 만들어진 형식이 있지 않은가. 영국의 록, 미국의 포크, 스탠더드 팝과 같이 인간의 삶 전반에 자연스럽게 파고들어 사람살이를 사람살이답게 만드는 노래를 그는 꿈꾸었다.

그가 발견한 것은 흑인 블루스였다. 알다시피 블루스는 미국으로 끌려간 아프리카의 흑인 노예들(평균 생존 기간 2년 8개월)이 자신들의 처지를 가사에 담아 노래하면서 시작된 음악이기 때문에 우울할 것 같지만 슬픔과 분노만이 아니라 즐거움과 기쁨도 공존한다. 시대의 정서가 배어 있는 삶의 노래 블루스. 록의 저항적인 기질 또한 바로 이 블루스에서 나왔다. 장례식에 갈 때는 유족과 친지, 친구들이 울면서 따라가지만 돌아올 때는 모르는 사람들도 함께 어울려 축제의 행렬을 이루는 그들의 삶에 블루스가 있었다. 블루스의 5음계와 국악, 혹은 민요의 접목이 그가 찾은 열쇠였다. 단지 블루스에 대금 연주 하나 끼워 넣는 방식은 답이 아니었다. 그는 국악인들과 공동 작업을 시도하고 사물도 배웠다. 블루스와 함께 민요, 국악의 정서가 어우러져 몸에 배면 그것이 자연스럽게 음악으로 표현되리라고 기대했다.

김유신은 누가 자기를 사랑한다고 하면 그가 자신에게 소중한 감정을 주었으므로 그를 사랑하려고 노력한다는 말을 했다. 그는 꽃밭 옆에 우거진 잡초처럼 생겼다. 추녀 아래의 풍경을 간혹 울리고 지나가는 산들바람이 아니라 뭔가 한번 뿌리째 뽑아보겠다고 골짜기를 잡아 흔들며 용을 쓰는 바람같이 생겼다. 그런 사람이 뜻밖의 말을 한다 싶다. 그러나 그렇게 섬세한 결을 갖지 않고서야 끝이 보이지 않는 음악에 다시 돌아오지 않을 젊음을 통째로 걸지는 못할 것이다. 블루스와의 만남도 그랬다. 처음부터 익숙한 음악은 아니었다. 그러나 한 백인을 때리는 바람에 감옥에 있었던 10년간 기타를 익히고 나온 하울링 울프의 삶을 읽고 블루스를 만난 뒤, 그는 블루스를 사랑하려고 노력했다. 누가 들어도, 그가 어떤 생각을 가진 사람이든 아름답다고 생각하지 않을 수 없는 음악을 만들고 싶었다. 잘하든 못하든 신념을 가지면 결과의 성공과 실패를 염두에 두지 않고 그 일을 하는 사람이 김유신이다. 작업을 하면서 그는 자기 삶의 많은 갈등들이 해결될 거라고 생각했다. 이 길을 가는 동안 자신의 삶도 규정될 것이며 통속적인 많은 부분들로부터 자유로워질 거라고 기대했다.

김유신은 혼자 씨름을 하면서 문득 다른 사람들이 궁금해졌다. 그들의 음악은 얼마만큼 진행되었을까? 그들과의 교류를 돌파구 삼아 함께 가려고 했던 그는 충격을 받았다.

"서울에는 똘똘한 사람들이 모여 사니까 몇 사람 정도가 조용하게 작업하고 있을 줄 알았어."

그는 말했다. 십 년은 짧은 시간이 아니다. 그가 아니라 누구라도 남들이 오래가지 못하는 길을 혼자 걷다 보면 혼란과 절망은 필연 따라붙지 않을까? 스스로를 옥박지르는 시간이 찾아오기도 하고 그냥 죽었으면 좋겠다, 싶은 때도 있었다. 너는 왜 아직 음반 한 장이 없느냐, 그렇게 살지 마라. 음악을 하는 벗들마저 방향이 아니라 기능을 물었다. 그러게 나는 왜 음반 한 장을 완성하지 못할까. 김유신은 머리가 포화될 때는 막내딸 세연이를 본다. 세연이를 보면 머리가 신기하게도 맑게 갠다고 한다. 그는 딸이라면 맥을 못 추는 아빠들 중에서도 단연 선봉장이다.

너를 보고 있으면 너무 고마워

너를 보고 있으면 정말 고마워

하루에도 열두 번씩 넘어지고 쓰러지는

나에게 뽀뽀해주며

생글생글 웃어주는 니가 있어 고마워

생글생글 웃어주는 니가 있어 다행이야

―〈너를 보고 있으면〉 가사 부분

　딸을 노래할 때 김유신의 표정은 귀여운 곰 같다. '나무블루스'는
세간의 통속적 질타와 시선으로부터 일정 거리를 두고 마음먹은 길
을 가고자 하는 뮤지션 김유신의 현장이다. 십 년, 얼마나 끔찍한 시
간인가. 그러나 김유신은 자기가 좋아하는 일을 하는 것이다. 해야
만 하는 일이어서가 아니라 다른 일보다 그 일이 재미있고 해볼 만
해서 하는 것이다. 성공할 것이냐, 실패할 것이냐, 결과를 생각하지
않는다. 어떤 삶도 결과를 확신하며 진행되지는 않는다. 김유신의
삶도 과정 안에서 진실하고 아름답다. 그리고 가장 김유신답다.

한국엔 대중가요가 없다, 유행가만 있을 뿐

윤여관은 충남 공주에서 참여자치시민운동을 하는 사람이다. 그는 한때 공립학교의 미술 교사였다. 불산공정의 위험성을 알리고, 송산리 고분군 앞의 어지러운 상가들에 대해 문제를 제기하며 시정에 참여한다. 요청이 있으면 지붕도 고쳐주고 집도 짓는다. '이야기 가게'라는 안주 없는 술집을 운영하며 노인들이 모두 돌아가시기 전에 개인이 겪은 공주의 역사, 생활사를 모아 살아 있는 자료를 축적하고자 한다. 그를 한두 마디로 설명하긴 어렵다. 일단 김유신의 음악을 이해하고 지지한다는 점에서 소수자에 속한다. 아폴로극장에서 비비 킹이 공연했을 때 거기 모인 약 5, 6만 명 관객의 70, 80퍼센트는 이십 대였다고 했다. 그때 비비 킹의 나이는 86세였다. 우리나라에서는 별로 알려지지 않은 블루스 연주자인 로버트 크레이(Robert Cray, 1953년 출생. 미국의 블루스 기타리스트이자 가수로 자신의 밴드를 이끌며 다섯 차례나 그래미 어워드를 수상했다. 살아 있는 블루스 음악의 전설로 불린다)가 공연을 할 때도 주 관객층은 공연에 대한 욕구가 강한 20, 30대였다. 윤여관은 그것이 문화라고, 그래서 안타깝다고 했다. 한국에서 가장 활발하게 활동하는 건 기획사에 의해 길러진 20대 가수들이다. 40대가 넘어가면 관객 자체가 없는 문화에 대해 문제의식이 없다고 그는 탄식한다. 우리는 이것을 당연하게 생각하지만 이야기가게에 오는 외국인 손님들은 자기 나라에 돌아갔다가 몇 년 뒤 다시 왔을 때 의아하게 묻는다고 한다. 한국에서 그때 들었던 노래들이 왜 나오지 않느냐고.

유행만 있을 뿐, 적어도 30년 또는 40년, 한 세대 두 세대가 공감할 수 있는 대중성 있는 음악이 한국에는 없다는 것이다. 〈봄날은 간다〉 등 몇 개의 리메이크되는 노래들을 제외하곤 우리가 지금 듣거나 만들거나 하는 대부분의 음악들은 곧 사라질 것이다. 3개월 이상 불리는 노래들이 전무하다시피 한 풍토의 원인이 무엇일까? 그는 한국이 문화식민지 상태이기 때문이라고 했다. 어린 시절 기억에 어머니들은 모든 노래를 민요처럼 불렀다. 찬송가도 민요조로 노래하셨다. 어린 아들은 어머니가 노래를 참 이상하게 부른다고 생각했다. 서양 교육을 받은 젊은 세대는 옛 세대의 노래에 이질감을 느낀다. 이것이 문화식민의 특질이다. 머리가 흰 뮤지션들이 부르는 음악을 열광하며 따라 부르는 아일랜드 젊은이들의 정서, 세대의 차이를 뛰어넘는 대중성이 우리에겐 없다. 일제의 계획적인 민족말살정책과 뒤를 이어 박정희가 주도한 농촌 파괴, 미신 타파의 기치 아래 조선 후기까지 우리 민중들이 갖고 있었던 문화는 청산, 극복되어야 하는 대상이 되어버렸다. 샹송과 재즈의 결합, 록과 레게의 만남처럼 대중문화가 상업화되는 과정에서도 자국의 전통적인 음악이 단절되지 않고 새로운 음악과 자연스럽게 융화되는 발전 경로를 강제로 빼앗겨버렸다.

우리에겐 민요가 있었다. 민요는 지식인과 전문가가 의식적으로 창작한 것이 아니라 노동을 하고, 의식을 거행하고, 놀이를 하는 가운데 민중 사이에서 자연스럽게 형성되고 향유되어온 민중의 노래이면서 비전문적인 대중성을 가진 노래이다. 갖가지 생활 모습, 삶의 즐거움과 보람, 그리고 삶의 모순에 대한 애환과 비판을 꾸밈없이 담아낸다는 점에서 흑인 블루스와 맥락을 같이한다. 민요는 시대의 변화에 능동적으로 반응하는 개방된 시가 갈래의 특성을 지니면서 다른 창작 시가와의 끊임없는 교섭을 통해 상호 영향을 주고받으며 성장, 발전해왔다. 신라의 향가, 고려의 속요, 조선조의 시조, 가사, 잡가에 이르기까지 민요는 이들 시가의 형성에 중요한 바탕과 동력으로 작용했다. 이 면면한 흐름이 일제 식민 치하에서 뿌리가 잘리며 엔카로 굳어져버린 것이다.

개항기 조선에 와서 살던 베네딕트 수도원 선교사들이 남긴 영상 기록을 보면 우리의 문화는 특정 계층의 것이 아니라 대중예술이었다. 무대 위에 있는 배우들, 가수들의 표정과는 비교할 수 없이 생생하고 자연스러운 표정과 동작과 소리가 생활의 현장에서 구현되고 있었다. 잔칫집 마당에서 울리는 풍물, 장례식, 가마에서 그릇 꺼내는 날, 농경사회여서 가능했던 고유한 우리 문화의 맥이 일본에서 유입된 문명에 의해 삶과 분리되었다. 노래는 라디오에서 듣게 되었고 문화는 고급화, 전문화되며 지배층이 향유하는 것이 되어버렸다.

켈트족이 앵글로색슨족에게 지배를 받으면서 쌓인 800년의 한은 아일랜드 음악을 풍성하게 했다. 그 아일랜드 음악이 미국으로 건너가 컨트리음악을 낳았다. 작가가 아니라도 누구나 고된 일을 한바탕 웃음판으로 바꾸는 서사, 가수가 아니라도 누구나 제 서러움을 실어 흥얼거리며 고개를 넘게 하는 가락의 힘, 그것이 몸에 배어 있던 때가 우리에게도 있었다. 일제와 군부독재에 의해 그 아름다운 유산이 뿌리 뽑히지 않았다면 우리도 아일랜드 사람들처럼 어렸을 때부터 들어온 노래가 귓가에 와 닿을 때 그리움이 먼저 파동을 일으킬 것이다. 그것이 '대중성'이라는 것이다. 대중성은 달리 말하면 정통성이다. 그것은 대중의 사회적 정서를 반영하며 자정하고 해소하고 연대하는 역할을 한다. 이것이 없으면 사람들의 정서는 피폐해진다. 이와 달리 상업적인 의미가 강하고 애초부터 팔릴 만한 것을 기조로 생산된 음악을 윤여관은 유행가(거품가)라고 칭했다. 유행가는 한 세대에서 다음 세대로 이어주는 매개가 되지 못한다. 그의 긴 이야기를 듣고 김유신이 찾아내려 하는 '우리 음악의 몸'이란 걸 이해하게 되면서 떠오른 생각은 '미쳤구나' 하는 것이었다.

기타가 울었다

2012년 6월 3일 대전평송청소년수련원에서 '나무밴드'의 보컬이
며 기타리스트인 김유신의 정규음반 발매 직전 콘서트가 열렸다.
2009년 12월 4일, 대전 소극장 '핫도그'에서 올린 공연에 이은 두 번
째 콘서트였다. 그의 노래들은 그를 닮아 있었다. 매끌매끌하지 않
고 얄팍하지 않고 툭툭 잘라 던지는 그의 말처럼 투박했다. 빈말이
없었다.

> 미친놈처럼 일했다
>
> 미친놈처럼
>
> 미친놈처럼 일했다
>
> 미친놈처럼 살았다
>
> 미친놈처럼
>
> 미친놈처럼 살았다
>
> 괴로워도 힘들어도 꿋꿋하게 사는 일이
>
> 부끄럽지 않은 줄로 알았는데
>
> 믿었는데 젠장
>
> 미친놈처럼 살았다
>
> 미친놈처럼

미친놈처럼 살겠다

미친놈처럼

미친놈처럼 살겠다

바보처럼

―〈미친놈〉 가사 부분

나에게로 돌아가는 시간이

언제까지 기다릴 수 있을까

언젠가 많은 날들이 지난 후에도 나를 기다릴까

사람들은 나를 보고 말하지

언제까지 그렇게 살 거냐고

하지만 나의 꿈들과 지친 다리와 가는 거야

나는 가리 나는 가리

―〈나는 가리〉 가사 부분

　노래를 따라 부르면서 이것이 많은 사람들의 이야기가 된다면, 십
년이든 삼십 년이든 뜻을 세우고 그 길을 가는 동안 응원과 지지를
보내주는 세상이라면 목소리에 목소리를 합하고 춤에 춤을 엮는 대
중가요가 될 수 있겠구나, 생각했다. 완성은 더딘 과정일 수밖에 없
고 그래서 쉽게 사라질 수 없으며 더딘 만큼의 건강한 뿌리를 갖는

것이구나.

그의 공연을 보고 돌아오는 길에 윤여관이 "기타가 울었다"라고 말했다. 그 이야기를 듣고 기타로 우는 뮤지션의 이야기를 열 명만 더 들었으면 좋겠다는 생각이 들었다. 그래서 이 글을 쓰기 시작했다. 별일이 없는 한 오후 2시부터 5시 사이에는 대부분 공주터미널 카페 '커피나무'에 있는 윤여관의 고정석에 김유신을 초청했다. 나는 이 글을 프린트하여 최소한 열 명에게 보여주려고 한다. 윤여관은 한국에 없던 것이 하나 생겼다고 평했다. 우리 음악의 뿌리를 찾아 들어가 그것으로 자기 음악을 삼았다는 점, 중도지폐(中途之廢)하지 않고 자신이 정한 길을 꾸준히 걸어가고 있다는 점에서 김유신은 사나이라고 했다. 저렇게 살 사람이 또 있겠느냐고. 그러나 십 년 가지고는 짧다고 했다. 지금 보여주는 완성도만으로도 기적이며 그것은 진실한 삶에서 나온 결과라고. 공연을 보고 단 한 사람이라도 영향을 받은 사람이 있다면 그 사람, 그다음 사람이 80퍼센트, 90퍼센트의 완성을 이루게 하는 발판이 될 거라고. 김유신은 그간의 외로움, 울적함이 다 보상되는 것 같다면서 웃었다.

윤여관은 사람을 칭찬할 때도 비판할 때도 표정과 억양에 변함이 없어 감정의 기복 없이 하나의 정보로 새겨듣게 하는 특징이 있는데 김유신도 비슷했다. 윤여관이 지적한 것 중의 하나는 국악인들의 정통 창법이었다. 지금 사람들과 달리 박동진 선생의 소리는 굉장히 편안하고 다 알아들을 수 있었다는 것이다. 지금 사오십 대, 육십 대 국악인들의 창법은 억지스러운 점이 있는데 그것이 정통이라고 주장한다면 성을 쌓겠다는 이야기라고 말했다. 모든 사람들이 갖고 있는 귀의 보편성을 무시하고 성역을 만드는 것은 권위적인 것이며 스스로 틀 안에 갇히는 것일뿐더러 설득력이 떨어지는 소통법이라 했다. 김유신은 물론, 세상을 향해 할 이야기가 있고 진심으로 사람들의 귀를 열고자 하는 국악인들이라면 생각해볼 문제인 것 같다. 김유신의 공연은 친근하고 편안했는데 노래와 노래 사이에 그가 관객과의 이야기를 시도하는 방식을 취한 것도 한 요인인 듯했다. 노래를 만든 배경, 노래에 등장하는 인물들 이야기, 노래를 만들 때의 심경 같은 것들을 평소 그의 투박하고 짧은 어법으로 들려주었다. 관객들은 즐겁게 웃기도 하고 눈시울을 붉히기도 했다. 윤여관은 그러나 바로 그것을 아쉬운 점으로 들었다. 이야기가 노래 밖에서 설명될 일이 아니라 노래 안으로 녹아들어야 한다고 했다. 김유신은 동의했다.

평이해 보이는 일상이어도 잔잔하지만은 않다. 파도와도 같이 우리 앞엔 참으로 많은 일들이 다가왔다 물러가곤 한다. 사람들이 겪는 일들은 대개 비슷하지만 그 일을 맞고 보내는 태도와 해석은 각각 다르다. 부딪혀오는 일들에서 어떤 메시지를 들을 것인가? 어떤 힘을 얻고 그 힘을 어디에 어떻게 보태며 살 것인가? 김유신의 노랫

말에선 그런 문제의식이 읽힌다. 문제 앞에 진실하게 서고자 하는 의지가 느껴진다. 김유신은 쓸쓸하고 그리워하고 절망하고 스스로 일으켜 세우고 사랑하고 즐거워하는 자기 삶을 자기 음악으로 삼았다. 게스트 가수 백자는 김유신의 음악을 '한국블루스', '생활블루스'라고 표현했다. 공연 때 김유신은 평소보다 약간 친절하게 관객에게 설명을 했다. 예술가가 가장 싫어하는 것이 설명 아닌가. 말을 최대한 줄이되 말한 것의 열 배 스무 배, 합일되어오길 바라며 그래서 좀 더 치밀하게 은유하고 세심하게 구조화한다. 김유신이 친절했던 것은 소통하겠다는 뜻이었을 것이다. 그의 노랫말 또한 통나무같이 툭툭 던진 진실함의 매력에 좀 더 깊은 은유가 더해져 설명 없이도 그냥 젖어드는 한 편의 시가 되고 그림이 되길 바란다.

내 주머니 안에 있는 것은 내 습관이다

미술가, 화가, 음악가라는 말이 있다. '가(家)'라는 말이 붙는 것은 그가 일가를 이루었다는 뜻인데 지금은 처음부터 '가'를 달고 시작한다. 진짜와 가짜를 구분할 필요가 없는 사회적 분위기가 되어 있다면 모르지만 한국은 일단 진짜인가, 가짜인가를 살펴봐야 한다고 윤여관이 말하자 김유신이 웃으며 말했다.

"학교에서 구분해주잖아요."

윤여관의 대답은 이러했다. 대학이야말로 무수히 가짜를 생산하는 곳이다. 한국 유학생들은 학문보다는 한국으로 돌아가 권력과 부를 잡으려고 하는 의도가 뻔해서 유럽에서는 학위를 쉽게 주지 않는다. 내 안의 의심, 부조리를 해결하고자 하는 것이 학문인데 학위 받고 전임되면 공부를 안 하고, 돈 벌면 안 하고, 그러면서도 마치 세상을 고민하는 듯, 그런 이들에겐 주체적 해결 능력이 없다. 세상에 대한 불만, 큰 질문이 있어야 학문을 한다. 품은 의문이 해소될 때까지는 끊임없는 논문이 나와야 한다. 세상을 의심하고 문제를 본질적으로 해소하는 데 써야 할 학위를 오히려 주류와 권력을 합리화하고 기득권을 유지해나가는 데 사용하는 곳이 문화식민지이다. 이러한 곳에서 예술을 한다는 것은 죽을 때까지 내가 이 문제를 해결하겠다는 뜻이어야 하며 김유신은 그래서 참 중요한 사람이다. 김유신은 시류에 편승해 음악을 바꾸거나 타협하지 않았으며 적은 돈을 가지고 20대부터 지금까지 살아온 습관이 있으므로 앞으로 편안하게 해나갈 수 있을 것이다. 머리로 아는 것은 내 주머니에 있는 것이 아니라 남의 주머니에 있는 것이고 정말 좋은 습관이 내 주머니 안에 있는 재산이라고 윤여관은 덧붙였다.

음악 평론가 안재필은, "대중음악가들은 사실에 굶주려 있어야 하고, 진실에 목말라 해야 한다. 그 시대에 일어나는 일들을 때론 날

카롭게, 때론 은유적으로 오선지에 그려 대중들과 함께 호흡해야 한다. 이것이 대중음악이 갖는 힘이다. 이게 모여서 '피플 파워'가 된다. 그저 자기만족에만 빠져 있어서는 음악의 필수 기능인 '저항'이라는 단어를 상실하고 만다"라고 했다.

핑크 플로이드, 밥 딜런, 존 레넌은 반전·반체제 음악을 이끌었던 이들이다. 20세기 음악의 대중성은 대부분 그들이 만들어낸 것이라 할 수 있다. 그들이 태어나고 성장했던 1930년대 말에서 50년대 초에 이르는 시기는 유럽과 미국이 2차 대전 이후의 공황을 극복하면서 소비가 증가하던 때이다. 한국으로 치면 1980년대 말, '몸에 소비가 붙어서 태어나는 아이들'이라 할 수 있겠다. 풍덩풍덩 쓰는 시대에도 그런 소비적 습관에 길들여져 있는 자기를 들여다보는 눈이 있는 사람들이 있다. 풍요 속에서 소비를 성찰할 수 있는 사람들, 모든 전쟁은 탐욕을 위한 것임을 볼 수 있는 사람들. 그들도 처음부터 주류는 아니었다.

윤여관은 지금 중심에 있다는 것은 곧 없어진다는 것을 의미한다고 말했다. 주류의 한계를 정확하게 보고 절대 부러워하지 않고 변방을 성찰할 수 있는 친구들은 다음 세대를 이어갈 수 있다고. 나무블루스의 무대에 걸린 체 게바라, 전태일, 노무현, 김광석을 그는 '건강한 생각을 가진 사람들'이라고 표현했다. 권력과 개인적인 부를 추구하기보다 함께 살아가는 세상을 꿈꾸던, 힘없는 서민들을 위한 마음을 갖고 살다 간 사람들. 김유신은 그들에게서 영감을 얻고 그들이 품었던 꿈에 가까워지려고 노력한다고 했다. 그들은 또 아내 최낭숙, 아들 휘연, 딸 세연, 그리고 그의 이웃들, 선후배들, 그가 일상에서 만나고 사랑하는 사람들의 얼굴을 상징한 것이라고 해도 좋을 것 같다.

공연을 마치면서 김유신은 한 달에 100만 원은 벌어다 아내에게 주기로 마음먹었다. 아내에게 너무 미안해서 미안하다는 말을 그는 차마 하지 못한다. 식구들에 대한 그의 사랑은 애틋하고 지극하다. 『오마이뉴스』 송성영 기자가 쓴 글 "그 사내의 노래 블루스―일상 속에서 세상의 아픔을 노래하는 블루스 작곡가 김유신"을 보면 최낭숙은 레스토랑에 손님이 많이 오느냐고 묻는 기자에게 이렇게 대답한다.

"차 마시러 오는 손님들이 없는 날이 더 많아요. 토요일 일요일에도 없는 날이 많아요. 월요일 금요일도 거의 없고, 그러고 보니까 화수 목도 별로 없네요. 그래도 뭐 살 만해요."

밥은커녕 차 한 잔 마시러 오는 손님이 월요일부터 일요일까지 죽별로 없다면서도 그녀는 살 만하다고 대답한다. 최낭숙은 품이 따스하고 표정이 선량하고 눈이 맑은 사람이다. 찾아오는 이웃들에게 하나라도 더 먹이려 하고 뭐든지 손에 들려 보내려고 한다. 그러고 보니 김유신네 식구들이 다 그렇다. 착하고 맑은 성품, 넉넉함, 이것은 식구들이 서로 아끼고 믿으면서 산다는 증거이다. 손님이 오거나 오지 않거나 김유신은 날마다 곡을 쓰고 연주를 하며 하루를 산다. 자기의 길을 성실하게 가는 일이 아내와 자식과 벗들 그리고 세상에 대한 그의 애정이며 이제까지 버리지 않고 몸에 붙어 있는 그런 태도가 그의 주머니 속에 있는 재산일 것이다.

그러니 웃으면서 기다리자

블루스를 자기 음악의 모티프로 삼으면서 김유신이 주목한 인물 중 하나는 자메이카 가수 밥 말리였다. 말리는 영국인에게 버림받은 흑인 어머니에게서 태어나 자메이카의 수도 킹스턴의 슬럼가인 트렌치타운에서 어린 시절을 보냈다. 토속 음악과 미국의 리듬앤드블루스가 결합된 레게음악에 푹 빠진 그를 세계적으로 유명하게 만든 건 빈민가의 슬픈 이야기를 아름다운 선율로 담아낸 〈No woman No cry〉이다. 그는 노래로 자메이카의 상처를 전 세계에 알렸다. 민중에겐 희망의 아이콘이었고 정치가들에겐 위험한 아티스트였던 그는 1976년 총기 테러를 당한 뒤 영국으로 망명했다가 2년 만에 돌아와 정치가들과 민중들이 함께하는 평화콘서트에 참여한다. 밥 말리가 남긴 말들은 모두 그의 생을 표현한 말들이다.

"의도하지 않는 것을 노래하면 그 음악은 의미가 없다. 음악은 무언가를 의미해야 한다."

"음악으로써 혁명을 일으킬 수는 없지만, 사람들을 깨우치고 미래에 대해 듣게 할 수는 있다."

"왜 그렇게 슬프고 쓸쓸해 보이니? 하나의 문이 닫히면 하나의 문이 열린다는 사실을 모르는 거야?"

밥 말리와 같은 음악을 꿈꾸는 김유신은 이제 민중음악과 대중음악을 구분하지 않는다. 민중이면서 대중인 사람들의 언어와 리듬이 되는 음악으로 시야를 넓히면서 블루스를 찾아냈고 세상의 모든 음악인 블루스를 자신의 음악으로 삼았다. 요즘 근황을 물으니 소비자를 위한 문화생활협동조합을 꾸리는 일을 시작했다고 한다. 소극장을 만들고 강좌를 개설하고 아마추어 소모임 문화를 지원한다. 문화를 좀 더 포괄적으로 보자는 게 그의 생각이다. 동네 미용실, 뷰티도 문화라고 본다. 예술자, 생산자 중심이 아니라 소비자 중심의 문화협동조합. 참 신선하다 싶은데, 그는 어떤 이들이 하는 생각은 모두 맨땅에 헤딩하는 깝깝한 일들이라면서 웃는다. 밥 말리가 말했다.

"혁명이란 결코 쉽게 이루어지지 않고 빨리 이루어지지 않는다. 그러니 웃으면서 기다리자."

혁명이란 말이 거창하다면 '되짚어 생각하고 마음먹은 대로 걸어가기'라고 하자. 친구이면서도 나는 김유신을 잘 몰랐다. 그가 가고 있는 세계를 알지 못하고 나무블루스에 밥만 먹으러 다녔다. 이제 나는 그를 스승으로 생각한다. 이 긴 이야기들을 차근차근 들려준 윤여관에게 감사하다. 이제 김유신의 앨범이 곧 나온다고 한다. 기쁘다. 김유신의 혁명은 쉽고 빠르지 않을 것이다. 그래도 웃으면서 함께 기다리려고 한다.

___ '공주참여자치시민연대'의 윤여관 선생님과 터미널 까페 '커피나무'에서 일주일에 한 번 만나 '문화'를 이야기하는 시간이 있었다. 이 글은 그 만남 중 어느 하루를 기록한 글이다. 뒤로 또 많은 시간이 흘렀다. 그의 한때로 남게 된 이 이야기가 나에게 주는 의미는 여전히 중요하고 나눌 만한 가치를 갖고 있다 생각하여 싣기로 한다. 김유신은 그 자리에 머물러 있지 않다. 그는 직접 희곡을 쓰고 연출을 하고 극단의 일을 하는 연극인이 되었다. 세상과 소통할 수 있는 통로로써 음악을 선택했듯, 같은 지점을 향해 걸어가는 또 다른 길이 연극이라는 모습으로 그에게 다가왔을 것이다.

(참고 : 굿모닝충청, http://www.goodmorningcc.com)

'사람의 마을'을 전승하는 이야기꾼

우린 이야기를 듣고 자란 세대이다. 공부가 지루해진 학생들이 재미있는 이야기를 해달라고 조르던 때가 있었다. 비 오는 여름날, 어두컴컴한 교실에 커튼까지 쳐서 으스스한 분위기를 만들어놓는 학생들의 기대를 이십 대 후반 젊은 교사들도 얼마든지 채워줄 수 있었다. 오래 묵은 나무를 베거나 터줏대감 구렁이를 잡아서 동티가 났다는 집들이며, 귀신이나 도깨비에 사람으로 모양을 바꾸곤 하는 짐승들 이야기는 많기도 많았다. 우리들의 유년에 판타지만 있는 것은 아니었다. 전설보다 흥미진진한 사람 사는 이야기를 어른들 옆에서 얻어들으며 자랐다. 세대와 세대 사이에는 이야기가 흘러야 한다. 앞서 산 사람들의 지혜와 직관이 이야기와 함께 흐르면서 두터워지지 않는다면 뒷사람들의 정신은 가난할 수밖에 없지 않을까? '본 바, 들은 바' 없는, 상상력의 토대가 없는, 그야말로 유산이 없는.

『아버지나무는 물이 흐른다』(천년의시작, 2016)를 읽으면서 살아 있는 서사(敍事)의 전승을 보았다. 이 책엔 일제강점기, 일본군 '위안부'로 끌려갔던 것으로 짐작되는 인물의 생애가 있고 1960년대 보육원 아이들의 고독한 삶이 있다. 전쟁 직후 혼란기의 부정부패와 가난, 질병의 구체적인 모습이 있으며 그 속에서 파란 많은 삶을 일으켜 세운 사람들의 역사가 있다. 지금과 같이 현관문 하나로 이웃과 철저히 차단되는 구조의 생활 방식은 앞집과 뒷집, 이 마을과 저 마을 사이에 이야기가 건너다니는 징검돌을 놓을 수 없다. 그건 인터넷에 일면식도 없는 남의 사생활을 낱낱이 늘어놓고 입방아를 찧는 것과는 다른 것이다. 민중생활사라 불러도 부족하지 않을 이 책의 저자이면서 등장인물인 박명순은 팔 남매의 맏이로 태어나 가난한 집안 살림의 조력자로서 어린 동생들까지 떠맡고 성장기를 보내느라 어른들 틈에서 부대끼며 일찍부터 삶의 희로애락을 맛본다. 오가며 이런저런 격려의 말참례를 아끼지 않는 마을 사람들과 끼니때 지나는 이웃에게 상추 한 쌈이라도 권하는 식구들을 자연스럽게 보고 자란 덕분에 집안 대소사에서부터 마을 안팎의 역사를 두루 꿰는 전승자의 역할을 할 수 있었을 것이다.

동네에 용팔이 청년이 있었다. 7세 정도 지능을 지닌 사람이었는데 외모만큼은 번듯하고 본성이 온순했다. 엇비슷한 처지의 곱상한 색시를 짝으로 만났다. 얼핏 웃음이 시원스러운 그녀를 놓고, 동네방네 '용팔이 색시가 예쁘다', '용팔이가 색시와 있으면 의젓하다' 소문이 났다. 그런데 하루는 용팔이 엄마가 우리 집에 와서, 신세 한탄을 했다. 색시가 임신을 했다는데 아무래도 '용팔이 씨'가 아니라는 것이다. 시어머니 입장에서 날짜를 계산하다 보니, 색시는 용팔이 만나기 전부터 배가 불러 있었다는 것이다.

"확인해본 것도 아니잖어유?"

"확인하고 말고 할 게 뭐 있어?"

"여름이었나유? 처음 색시가 들어온 게."

"그려, 칠석날이었잖어. 그런디, 동지도 되기 전에 몸 풀게 생겼어."

이런 말들과 한숨 소리가 오고 가는 중에 옆에서 듣고만 있던 아버지가 툭 내뱉었다.

"용팔이가 착하니께 하늘에서 복을 준 거유. 지 자식이라 우기는 놈만 읎으믄 되는 거유. 아, 내가 낳아서 내가 키우믄 내 자식이지, 5대 독자 집안에서 더 이상 뭘 더 바란대유? 용팔이도 서른이 훌쩍 넘었는데 색시가 복덩이를 데려올 거유."

아버지는 복잡한 문제를 세세하게 따지려 들지 않았고, 쉽게 한마디 했을 뿐이다. 용팔이 아저씨는 곧바로 미륵 같은 아들을 낳았고, 나중에 눈빛 맑은 공주님까지 순산했으니 1남 1녀의 아버지가 되었다. 동네 사람들은 칠삭둥이냐, 팔삭둥이냐 궁금해했지만, 백설기에 수수팥떡을 푸짐하게 돌리면서 '우리 복덩이', '우리 복덩이' 하는 용팔이 엄마에게 다들 덕담 늘어놓기에 바빴다. 강원도로 시집간 용팔이 누나가 다니러 와서 색시를 흉보며 입을 삐죽거렸지만, 가족들은 이미 늦둥이 재롱에 흠뻑 빠져 있었다.

"누구 씨인 줄도 모르는데, 장손은 무슨 장손이여?"

"그런 말 입 밖에 내면 우리 인연은 끝나는 줄 알어. 하늘이 두 쪽 나더라도 용팔이 핏줄이여."

말부조라는 것이 이런 것일 게다. 관점이 전혀 다른 말 한마디가 얹히자 가슴이 철렁할 만한 허물이 덮이고 화근이 복덩으로 바뀌는 반전이 일어난다. 용팔이네의 민망한 사정을 덕담으로 덮지 않았다면 그들 식구는 어떻게 되었을까? 소문에 소문을 보태며 끝내 그 집안이 파탄에 이르는 데 일조했다면 마을 사람들에게 돌아올 것은 또 무엇이겠는가? 용팔이의 아들은 집안의 기둥이자 마을의 든든한 젊은이로 성장했을 것이다. 이야기란 이렇게 서로 위로하고 북돋우며 스스로 복을 부르는 행위이다.

놀고 싶고, 혼자 있고 싶고, 공부하고 싶고, 책 읽고 싶었던 소녀 시절, 박명순의 등에는 한두 살 터울로 태어나는 동생들이 늘 업혀 있었다. 건어물 가게를 차린 부모님 대신 살림을 도맡은 할머니를 도와 날마다 수저가 열 개도 넘는 밥상을 차려내는 일꾼이었지만, 책을 집어 드는 순간, 바로 옆에 있는 동생들의 울음소리를 듣지 못하는 문학소녀였다. 어느 날 참다못한 할머니가 소리를 질렀다고 한다.

"망할 년아, 니가 판사가 될래, 검사가 될래!"

고된 살림 치다꺼리를 하면서도 박명순은 음식보다 이야기를 탐했다. 의붓자식과 사는 욕쟁이 할머니의 서러움, 산파 역할을 하던 옥희 할머니가 삼신할머니께 치성을 드려 죽어가는 산모를 살려놓은 일 등등, 마실 오는 할머니들이 쉴 새 없이 주고받는 이야기와 가겟방을 겸한 살림집의 특성상 늘 사람들이 북적이며 펼쳐놓는 삶이 이야기꾼 박명순을 낳고, 생에 대한 연민과 이해, 포용과 낙천을 그의 심성에 새겨 넣었을 것이다.

음력 섣달 스무이튿날. 세상이 꽁꽁 얼어붙어 강추위 기세가 막바지에 오를 무렵임에도, 할머니 생신이 가장 포근하고 따스한 기억으로 각인된 것은, 아마도 모처럼 풍성해진 먹거리 때문일 것이다. 고소한 참기름 냄새가 집 안 곳곳에 배어 음식에 대한 기대와 상상을 최대치로 높여주었다. 하루 종일 끓이고 삶아대는 음식으로 방은 절절 끓었고, 발 디딜 틈 없이 사람들이 넘쳐났다. (…) 음식의 간을 보는 모습을 구경하다가, 푸짐하게 펼쳐지는 이야기판에 대롱대롱 매달려 빨려 들었다. 노랫소리, 웃음소리가 걸판지게 술상에 차고 넘치지만, 고모들이 하나둘 합세하면 정작 술보다 어린 시절 이야기로 취기가 절정에 오른다. 쌓여 있는 음식 더미 앞에서 아버지의 이야기보따리가 펼쳐지면 청천 고연 동심의 세계가 팔짝팔짝 웃고 뛰고 배꼽을 쥐게 만든다. 아버지가 가겟방에서 화제로 떠올리던 어물 장사나 복숭아 이야기가 아닌, 어린 시절 경험담이 고연과 청천강을 배경으로 펼쳐지는 것이다.

먼저 소년이 된 아버지가 주인공이 되어 뚜벅뚜벅 걸어 안방 무대에 등장한다. 화양계곡에서 하루 종일 얼음을 깨뜨려 간신히 잡은 잉어를 제사상에 올린 이야기, 나뭇짐을 지고 오다가 날이 저물어 도깨비를 만난 이야기, 지네를 잡아 팔아 일당을 번 이야기, 이런 이야기는 걸리버가 만나는 소인국 거인국만큼 신비롭다. 톰 소여의 모험담보다 재미있었던 것은 아버지의 입담보다도 과거와 현재를 넘나드는 실존 주인공 때문이리라. 고모와 고모부는 말씀이 짧은 대신 귀 기울일 줄 아는 지혜의 샘이 깊은 분이었다. 체격이 다부지고 이목구비가 수려한 아버지가 판소리의 소리꾼이라면 고모부나 고모는 추임새를 넣는 고수였던 셈이다. 엉덩이 들이밀기가 눈치 보일 정도로 방마다 사람들이 넘쳤지만 기를 쓰고 그 틈바구니에 끼어든 것은 이야기에 정신이 팔려서다.

신경림 선생은 가난하다고 해서 사랑을 모르겠는가,라고 노래했다. 생각해본다. 가난하다고 해서 웃음을 모르겠는가, 가난하다고 가난하기만 하겠는가, 가난이야말로 질펀한 입담과 해학의 마당이 아니겠는가. 여기 등장하는 인물 중 넉넉한 살림을 하는 사람은 없다. 그러나 곡식과 기름, 말린 나물, 약초 뿌리, 몸으로 경작한 그 귀한 것들을 자루에 담아 들고 일가친척이 모이는 집안 어른의 생신은 마을 잔치가 되기에 부족함이 없다. 아침 밥상에 초대되는 마을 사람들의 손에도 한 주전자의 막걸리, 담배 한 갑, 소박하고 인정 있는 선물이 들려 있다. 유쾌하고 낙천적인 사람들 가운데 단연 으뜸은 아버지다. 원고를 읽으면서 박명순 선생님이 아버지를 많이 닮았다는 걸 알았다. 자잘한 일에 동요하지도 매이지도 않는 대범함이 그렇고, 인정 있는 마음 씀이 그렇고, 복잡한 일을 단순하게 돌파하는 힘이 또한 그렇다. 말과 행동에 겉치레가 없는 것도 아버지의 유산인 것 같다.

박지원 선생의 비유를 빌면 '다른 사람의 여의주를 부러워하지도, 자신의 쇠똥을 자랑하지도 않는' 사람인 아버지는 자식들 기르면서 먹고사느라 놀지도 쉬지도 못한 분이었다. 그러나 가난하다고 주눅 들지 않았고 힘들다고 엄살하지 않았다. 당신의 생을 긍정하면서 건강하고 충실하게 사셨다. 아버지에 얽힌 일화들이 어찌나 매력 있고 재미있는지 한번 뵙고 싶을 정도이다. 그중의 압권이 집짓기이다.

할 일 했으면 하루 세끼 맛있게 먹는 게 최고라는 가치관을 가진 아버지가 처음 지은 집은 도랑과 학교 담벼락 사이 좁은 공터에 지은 무허가 건물이었다.

조치원 신흥동 대동초등학교 뒷담을 벽 삼아 방 한 칸을 들인 것이다. 학교 담 앞에 도랑이 흐르는 좁은 공터를 닦고 기둥을 세웠다. 하늘 가리고 문을 달아서 잠을 자고 밥을 끓여 먹을 수 있는 공간을 만들어놓은 것이 집의 전부였다. 사람 한둘이 들어설 만한 공간으로 비탈진 학교 담이 시작되는 곳이며 옆으로 집이 늘어서 있는 동네 끝자락이었다.

한 칸 방이었다가 그 한 칸을 장지로 막아 두 칸으로 사용했고, 부엌을 길게 만들어 확장했다. 가족이 늘어나자 아버지는 간단하게 방 한 칸을 다시 들였다.

본질에 충실한 행동은 이렇게 군더더기가 없나 보다. 젊은 아버지가 꿈꾸었던 집은 재산도 작품도 아닌, 비바람으로부터 식구들을 지켜줄 그야말로 지상의 방 한 칸이었다. 이 방 한 칸에 이르기 위해 배고팠으나 생의 '화양연화'였던 고향을 떠나 정착한 곳이 막 제대한 군부대가 있는 조치원이었다 하니, 군 복무 시절의 인연을 발판으로 삼은 도약이 얼마나 팍팍했을까. 그러나 그렇지가 않았다. 군대에서 부식 납품을 맡았을 때 거래했던 송덕이 아버지는 여덟 식구가 간신히 나누어 사는 두 칸 방 중 하나를 무작정 찾아온 젊은 부부에게 내어주었고 마침내 이들이 집을 짓기 시작하자 벽돌이며, 목재며, 송덕이네를 비롯한 이웃들과 군대 친구들의 부조가 십시일반으로 이어진다. 아이들이 도화지에 그리는 그림처럼 뚝딱뚝딱 지은 집이지만, 고향의 어머니를 모셔 오고 팔 남매를 길러냈으며 나중에는 장모와 처제, 처남 부부, 일가붙이에서부터 고향 손님들까지 늘 열다섯 안팎의 식구들이 북적이게 된다. 그 옛날의 집들은 그렇게 품이 넓었다. 복숭아 과수원에 있는 원두막을 이용해 대강의 모양을 갖춰보려던 두 번째 집도 마을 사람들의 적극적인 조언과 지원으로 "목수와 미장이, 설계자와 집주인이 구분되지 않고 구경꾼마저 한몫하여" 아버지의 뜻을 훨씬 앞지른 훌륭한 형태를 갖추게 된다. 내 살림과 이웃의 살림이 무관하지 않았던 마지막 시대, 그 시절의 가난했던 사람들은 정작 '공동체'라는 말을 몰랐다. 그것은 망가지고 해체된 뒤에 붙은 이름이다. 옹기종기 지붕을 맞대고 살아도 따로 품는 욕망이 있고 불화(不和)와 부정(不正)이 뒤얽히는 게 사람 사는 세상이지만, 애들 키우고 식구들 밥 굶기지 않겠다는 목표에서 크게 벗어나지 않는 욕망과 부정이 오히려 숨을 편안하게 한다. 그들의 자존심과 염치, 소탈함에서 오는 여유, 웃음. 인간의 품격이라 부를 만한 면모를 발견하고 기록한 박명순 선생님은 복 있는 작가이다.

대학 시절의 동기들이 지식인과 민중의 사이에서 자기 정체성을 고민할 때 박명순은 자신에게서 부모를 보았고 부모의 모습에서 민중의 희망을 보았다. 아버지는 자식들이 남을 이겨내며 살기를 바라지 않았고 최고의 자리에 오르기를 욕심내지 않았다. 자식이 다니는 학교가 가장 좋은 학교인 줄 알았고 학교를 휴학하거나 퇴학당하거나 탓하지 않았다. 부모 노릇을 할 뿐, 제 일은 제가 알아서 할 거라는 신뢰가 있었다. 나는 박 선생님의 가족을 다 알지는 못하지만 팔남매가 모두 공부를 잘해 부모의 기쁨이었다는 소문을 들었고 남의 몫을 당겨 이득을 취하거나 드높은 위치에서 남을 아래로 내려다보는 세속의 성공을 구가한다는 소문은 듣지 못했다. 다섯째 희연이라는 이름으로 등장하는 박명순 선생님의 동생과 나는 서산여자중학교와 서산중학교에서 각각 일하는 동안 잠깐 자취를 함께했다. 둘다 20대의 환한 나이였다. 천성이 명랑하고 총명한 희연이 "언니?" 하고 부르면 뭔가 좋은 일이 있다는 느낌이 들곤 했다. 그 희연이 갑자기 앓아누웠다. 의식불명이 될 만큼 아팠다. 희귀병으로 병원에 입원한 딸을 두고 아버지는 해장국이 맛이 없다며 다른 식당을 알아보라고 해서 같은 병실의 보호자에게 질책을 받는다. 서른도 안 된 딸이 죽느냐 사느냐 하는 판국에 해장국 맛이 문제냐고 하는 그에게 아버지가 대답한다.

"해장국은 그냥 해장국인 거유. 같은 값 주고 먹는 거 이왕이면 맛있는 집에서 먹어야지유. 병 고치는 건 의사가 해야지 내가 밥 굶는다구 딸자식이 병이 낫는 것두 아니구. 나는 노동하는 사람이라 하루 밥 세 끼 먹는 게 중요한 거유."

여섯 달 만에 의식을 찾고 휠체어에 앉아 희망 없는 몸으로 돌아온 딸에게 아버지는 호언장담했다.

"잘 왔다. 병원에 있으면 없던 병도 생기는 겨. 집에 있으면 금방 일어날 테니 두고 봐라. 우리나라 최고 의사들이 못 고친 병을 내가 고쳐줄 테니 걱정 마라구."

희연이의 병간호를 하며 식구들이 번갈아 앓아눕는 상황에서도 아버지는 평소대로 과수원 농사를 짓고 할 일을 해나간다. 식구들의 헌신적인 간호와 아버지의 담대한 신념에 의지해 병원에서도 포기한 희연이 3년 만에 뇌병변 3급, 언어장애 4급의 몸으로 일상을 회복한다. 집으로 찾아오는 아이들에게 논술을 가르치고, 벗들과 독서 모임을 꾸려나간다. 내게 국어를 배우는 중학생이 희연의 이름을 대면서 그 선생님을 아느냐, 뿌듯한 얼굴로 물어올 때, 나는 박명순 선생님의 형제들과 그의 부모가 가진 생명의 힘, 그 아름다움을 본다. 희연은 자기 인생의 가장 큰 축복은 큰언니(박명순)의 동생으로 태어난 것이라고 했다. 언니는 언니대로 그것이 동생이 아닌, 자신을 위한 일이라 한다. 자매는 일주일에 한 번 만나 고전 공부를 한다. 봄꽃을 보러 가고 좋은 강연에 함께 간다. 멀리 떨어져 있게 되면 메일을 주고받는다. 사색과 문장이 오가며 서로의 성장을 북돋우는 이들 자매를 보고 있으면 그들을 알게 된 인연이 나의 복이라는 생각이 든다.

원고를 읽는 동안 가장 인상 깊었던 곳을 하나 고르라 한다면 나는 아버지와 딸이 복숭아를 팔러 나가는 장면을 꼽겠다. 아버지는 복숭아 상자가 높다란 리어카를 끌고, 딸은 흠뻑 땀에 젖어서 아버지와 보조를 맞추며 복숭아를 따라간다. 가속도가 붙기 시작하는 내리막길에서 부녀는 넘어지지 않으려고 필사적으로 노력한다. 복숭아 상자를 부둥켜안고 리어카에 매달려 질질 끌려가다시피 했지만, 아버지와 딸은 중심을 잃고 리어카와 한데 엉켜 뒹굴고 만다.

부녀는 몸의 상처는 뒷전이고 바닥에 팽개쳐진 복숭아만 맥없이 쳐다보았다. 아버지는 당황하지 않고 몸을 툭툭 털더니 심하게 뭉개진 복숭아만 골라서 주웠다.

"최고로 좋은 복숭아가 심하게 뭉개졌네. 원님 덕에 나팔 분다고, 에라, 우리가 먹자."

"복숭아 먼저 담아야지유. 아버지."

"일단 먹고 힘을 내자. 여기까지 오면 딱 반이다. 이제 다 온 거여. 시작이 반이고, 여기까지가 반이니께 거진 다 온 거지. 대충 보니께 물러터진 거랑, 으깨진 거 대여섯 상자 되는데 일단 아침 겸 팔아먹기 힘든 깨진 복숭아는 우리가 먹고 나머지는 소매로 팔아서 복구해야겠다."

아버지는 매사에 그런 식이었다. 복숭아가 산지사방으로 흩어졌을 때 주워 담기보다 먹는 걸 우선시하는 낙천적 체질이시다. 아무튼 나도 도저히 손으로 잡을 수 없을 만큼 터진 복숭아까지 한 입이라도 베어 물었으니 그 먼 길 30리 길을 달려온 복숭아에 대한 예의를 우리는 그렇게 지켜야 했다.

땀에 흠씬 젖은 부녀가 흙먼지 속에서 으깨진 복숭아를 먹는 장면이 영화처럼 떠오른다. 툭툭 털고 일어난 아버지는 나머지 복숭아를 길에서 만나는 사람들에게 팔면서 시장으로 간다. 대학 시절 우리는 '민중'이란 말에 애정을 가졌던 것이 사실이지만, 이해는 했던 것일까? 이토록 생의 빛나는 슬픔과 남루에 대하여….

박명순 선생님이 과거를 입에 올리기 시작한 것은 십 년이 채 되지 않는다. 머릿수를 채워주려고 참가한 전교조 심리 상담 연수에서 어린 시절의 집을 그리게 되었는데 볕이 잘 들지 않던 북향의 방과 마루와 도랑 앞에 걸었던 솥단지를 그려나가면서 뜻밖에도 그리움이 스멀스멀 피어오르는 걸 느꼈단다. 쇠락해가는 골목 맞은편의 술집에서 들려오던 젓가락 장단과 "홍도야, 울지 마라 오빠가 있다"고

목청을 울리던 아저씨들, 술만 취하면 아무 데나 쓰러져 주무시던 아버지의 모습. 불행했다 생각하며 덮어버린 그날들이 아름답다, 따뜻하다, 살아 있었다, 그런 생각지도 못한 감정을 일깨웠다. 박 선생님은 그때보다 지금의 삶이 더 어렵다고 한다. 공감한다. 우리에겐 집 한 채를 뚝딱 짓는 단순함이 없고, 딛고 선 자리를 살 만한 곳으로 만드는 상상력이 없고, 고군분투하는 사람에게 손을 내미는 여유가 없고, 헛된 욕망을 미끼로 던지는 세상을 분별하는 눈이 없고, 어지간한 어려움쯤은 소리 없이 견디는 정신의 근육이 없다. 불평등과 부조리는 우리가 가진 취약을 파고든다. 그것들은 더욱 교묘하게 진화해갈 것이고 사람들은 점점 초라해지고 왜소한 삶을 살게 될 거라는 예감이 든다.

다시 그려보는 아버지와 어머니, 옛날의 가난했던 사람들에게서 작가는 오히려 자유를 느꼈을 것이다. 그들의 유쾌한 연대와, 쓸데없는 욕망에 심신을 낭비하지 않는 데서 오는 당당함과 야생의 힘을 보았을 것이다. 그들은 옹졸하지 않았고 주눅 들지 않았으며 각자 갖고 태어난 능력만큼 힘껏, 책임 있게 살았다는 것을 깨달으면서 가난한 집의 맏딸로 태어난 소녀의 안쓰럽고 아픈 성장기는 치유되었을 것이다.

나는 박명순 선생님을 이십 대 중반에 만났다. 그때는 그녀의 씩씩함과 대범함이 어디서 연유하는지 잘 몰랐다. 그녀는 소설가 강병철 선생님의 아내였다. 출산을 앞둔 아내가 휴가에 들어가게 되자 강 선생님이 후배인 나를 불렀다. 강사 임용에 필요한 절차를 마친 뒤에 유구에서 공주까지 직행버스를 타고 돌아오면서 우리는 웬 오징어를 먹었는데, 박명순 선생님이 처음 만나는 나에게 말했다.

"우리 남편은 생긴 거 하고 다르게 교양 있는 걸 좋아해. 버스 안에서 오징어 다리를 씹는다든지, 이런 품위 없는 행동을 싫어해. 그럴수록 나는 이렇게 더 질경질경 씹지."

'멋있다… 노는 언닌가?', 오징어 다리를 질경거리는 박 선생님에게 순간 반한 것이 오랜 인연의 시작이었다. 그로부터 20여 년, 우린 여전히 만나고 있다. 박 선생님과는 이런저런 공부를 같이하고 남편인 강 선생님과는 주로 술자리에서 만난다.

"선배님은 매너가 꽝이에요. 자기가 먼저 술집 문을 열고 들어가면 뒷사람이 들어올 때까지 잡고 있어야 하잖아? 코 깨질 뻔한 게 한두 번이 아니에요."

내가 툴툴거리면 박명순 선생님이 눈을 동그랗게 뜨고 맞장구를 친다.

"그걸 인제 알았어? 매너 같은 건 눈 씻구 찾을래도 없는 사람여."

2월 28일과 8월 16일, 일 년에 두 번, 방학이 끝나기 직전에 이발소에 가는 강병철 선배님과 일 년 내내 책 더미에 묻혀 사는 박명순 선생님의 조합은 둘을 아는 사람들의 호기심을 불러일으키는데, 알면 알수록 각자 웬만치 않게 특이한 이 두 분이 참으로 잘 어울리는 한 쌍이라는 생각이 든다. 취직해서 동생들 가르칠 생각을 해야지 팔 남매의 맏이가 대학이 뭐냐고, 친척들의 나무람을 들으면서 대학에 들어간 박명순은 왜 잘리는지도 모르고 잘렸다. 단지 연극반에서 노래 몇 번 했을 뿐인데. 우여곡절 끝에 졸업한 뒤엔 미발령 교사로 민교협(민주교육실천교사협의회) 사무실에 나갔다. 거기서 해직교사 강병철을 만난 것이다. 입만 열면 모두 나라와 민족을 근심하던 시절에 강병철은 장가가고 싶다는 말이나 하는 사람이었다. 그게 박명순의 눈에는 진실해 보였다. 거짓말도 못 하고 수줍음을 타는 모습이 괜찮은 것 같아서 참한 후배를 소개해줄까 점까지 찍어놨단다. 그러나 강병철의 생각은 딴 데 있었다. 그가 보기엔 박명순이 예쁘지도 않고 밉지도 않고 내 짝으로는 최고구나, 싶었다는 것이다. 그 말이 마음에 들어서 그녀는 강병철이 자기에게 장가오는 걸 허락했다. 그래서 나는 해직교사 강병철 선생님이 좀 깔끔해졌을 때 그를 만났고, 그 바람에 박명순 선생님을 알게 된 것이다. 박 선생님의 집도 우리 집도 형제가 많고 바람 잘 날 없는 민중사의 현재진행형이라는 점에서 공통점이 있다.

"방법이 있어. 어떤 일이 생기면 괴로워할 시간에 '문제, 해결', '문제, 해결' 식으로 가는 거야."

그 말이 내게는 적잖은 위로가 되었다. 도무지 엄살이 없는 저분의 속내에 참 많은 문제와 해결의 시간들이 지나갔겠구나, 짐작도 되었다. 이번에 산문집 원고를 읽으면서 그동안 박 선생님을 만나면서 느낀 감동의 연원을 알게 되었다. 말 없는 배려, 무조건적인 신뢰, 변함없는 우정, 배꼽 빠지게 웃겨주는 유쾌함, 박 선생님께 받은 선물이 많다. 작가 박명순은 '아버지나무'에서 울창한 생의 기운을 끌어올린 숲이었다.

그만그만하게 어렵고 앞집이나 뒷집이나 먹는 것 입는 것 비슷비슷하던, 집과 논밭의 임자는 각각이지만 이웃의 손과 걸음이 보태져야 살 수 있던 그 시간을 냄새로, 맛으로, 소리로, 감촉으로 몸에 기억하고 있을 뿐 아니라, 그 자신, '사람의 마을'로 살아가고 있는 박명순 선생님의 글을 읽으면서 많이 웃었다. 코끝은 시리지만 등이 따스했다.

'사람의 마을'을 본 것 같다.

이별꽃 스콜레

순천은 '사랑어린배움터'가 있는 곳. '두더지'가 오랜만에 전화를 하셨다. 5월 마지막 주에 시간 내서 올 수 있겠느냐고. 그냥은 잘 안 만나진께 핑계 삼아 '이별꽃 스콜레'라고 이름을 붙여봤다고. 이별 과 꽃과 스콜레? 어떻게 그렇게 멋진 조합이 있을 수 있느냐고 감탄 했더니 늘 그렇듯 대수롭지 않은 답이 돌아왔다.

"잘 모른께 다 붙여봐 본 거지."

"제가 준비할 게 있을까요?"

"없어. 편히 오세요."

사랑어린배움터에 도착하여 관옥나무수도원도서관에 들어서자 '이별꽃 스콜레'라고 종이를 예쁘게 오려 붙인 글씨가 꽃처럼 벽에 붙어 있었다. 부제인 '이혼'과 '헤어짐' 그리고 '죽음'이 이별꽃을 받드는 나뭇잎과 줄기 모양을 하고 있는 것이 사랑어린배움터다웠다. 교사를 일컫는 이름이 '배움지기'이고 구성원들이 자신을 수행자라고 여기는 이곳에서, 이별의 본질이 정말 고통인가, 그것은 꽃일 수 있는가, 이별이 아름답다는 명제가 가능한가, 다른 모든 상황과 마찬가지로 그것도 역시 평화와 여유, 아름다움을 품은 자연(自然)이 아닌가, 그러한 화두가 피어나는 중이라는 생각이 들었다. '스쿨 (school)'의 어원이며 여유와 한가로움을 뜻하는 고대 그리스의 언어 '스콜레'를 '이별꽃'의 곁에 둔 것은 이별을 공부해보자는 뜻일 거다. 자신들의 삶을 통해 그 답을 찾아보려는 실험이구나. 어른들과 마찬가지로 청년들도 만남과 이별을 잘 모른다. 헤어짐으로 인한 상처를 잘 해결하지 못해 어려움을 겪는다. '두더지'는 사람이 한평생 이 문제를 정면으로 마주하지 않고 붙들려 살아야 하는가, 하는 생각이 들었다고 했다. 그래서 한 달에 한 번, 인연이 닿는 사람들을 불러 이야기를 나누며 생각해보는 자리를 마련했다는 것을 '이별꽃 스콜레'에 가서 '신난다'와 '언연'과 안부를 나누는 중에 대략 알게 되었다.

둥글게 모여 앉은 어른들과 아이들을 바라보았다. 이야기할 만한 것이 있다고 믿은 두더지는 나를 불렀다. 그러나 스스로 깊지 못한 사람이라고 생각하는 내가 저기 앉아 계신 분들에게 없는 것을 가지고 있을 리 없다. 그것도 두더지는 알 것이다. 나는 교실에 들어가기 전에 주어진 시간과 주제에 맞게 기승전결의 구도를 머릿속에 그린다. 수업은 유동적이라 계획대로 되는 적이 거의 없지만, 교실에서 일어날 수 있는 모든 상황이 가능하면 주제와 자연스럽게 어울리게 하기 위한 밑그림 같은 것이다. 헤아려보니 28년간 그래 왔다. 그러나 이런 주제는 그게 가능하지 않다. 그래서 준비할 것이 없다고 하셨을 것이다. '배움을 좋아하는 학생'이라고 도서관지기 언연이 나를 소개하셨다. 그건 기쁘게 인정하고 싶은 유일한 칭찬이다. 그보다 좋은 칭찬을 난 알지 못한다. 배움은 갇혀 있는 숨을 틔워주고 구차한 것들을 손에서 놓게 해준다. 잠시 명상하는 동안 생각했다. 나의 쓸쓸했던 시간이 누군가에게, 특히 나에게 공부가 되기를. 여전히 자유롭지 못한 나의 미숙한 부분을 이야기하는 동안 우리에게 새로운 배움의 동기가 생기기를. 그리고 무엇보다 이 시간이 즐겁고 가볍기를.

사랑어린배움터의 학생이 시를 낭송했다. 목소리가 침착하고 부드러웠다.

장래 희망이 그냥, 나?

학생부 다 채워야

담임의 한 해가 마감된다는 거 뻔히 알면서

협조 안 할래?

잘 모르겠단 말이에요

그걸 지금 어떻게 써요? 그것도 딱 하나를

선생님은 중학생 때 장래 희망 결정했어요?

당연히 했지

현모양처

그게 뭔데요?

암튼 그래서 그거 되셨어요?

그거 빼고 다 됐다, 왜!

거봐요, 쌤도 뜻대로 안 됐잖아요

'그냥 나'가 정답이에요

다 아시면서

됐고, 엄마는 니가 뭐가 되면 좋으시겠대?

그냥 너,래요

2대 0!
교무실에 웃음과 박수가 터집니다

퇴근길에 생각합니다
어디서 배웠는지 기억도 나지 않는 말, 현모양처
무슨 말인지 알지도 못하면서 써넣은 장래 희망이
때때로 어설픈 흉내를 내게 하진 않았나
죄 없이 주눅 들게 하진 않았나

뭐 되려고 애쓰지 않겠다,
언제나 그냥 나로 살겠다,
어떻게 저렇게 멋있을 수 있나

이제라도 그냥, 너로 살아라
녀석이 지금 나한테 그러는 거 맞지요?

　내가 쓴 '그냥 나'라는 제목의 시인데 그냥 그런 시가 학생의 목소
리에 실리니 굉장히 좋은 시 같았다. 시를 듣는 동안 행복을 위해 애

썼던 많은 시간이 떠올랐다. 대학 시절 우리 과의 남학생이 어디서 베껴 온 것이라며 시를 한 편 낭송한 적이 있다.

> 뜨개질하는 아내
>
> 하이얀 손
>
> 난로 위엔 주전자 물이 끓고 있다

　그 부분만 생각이 난다. 남자애들이 캬! 하면서 무릎을 쳤다. "하이얀 손? 뜨개애질~" 옆에 앉았던 여자애가 말꼬리를 잡아 늘이면서 콧방귀를 뀌었다. 깜짝 놀랐다. 누가 썼는지 모르지만 그것은 내가 '행복이 가득한 집'을 생각할 때 떠오르는 영상이었다. 그게 나의 그림이 아니라 남자들의 로망이었구나. 현모양처를 현실로 구현한다면 난로 옆에서 남편과 자식의 스웨터를 짜는 모습일 거라고 누가 나에게 가르쳐주었을까? 내가 솜씨 있는 사람이었다면 저러한 풍경을 연출하며 살았을지도 모른다. 그러나 나는 중학생 때부터 뜨개질도 수예도 직접 하는 것은 좋아하지 않았다. 신의 손을 가진 친구들을 존경하는 마음은 그때부터 싹튼 것 같다. 가사 시간에 옆에서 넋을 놓고 자신들의 현란한 손놀림을 구경하는 나를 위해 친구들은 내 천에 수도 놓아주고 치마의 주름도 잡아주었다. 작은 사각형의 모티프를 짜서 이어 붙여 방석을 만드는 시간도 있었다. 저의 방석을 다

만든 친구들이 내 실을 나누어 들고 한 장씩 사각형을 떠주었는데 어떤 아이는 느슨하게 뜨고 어떤 아이는 쫑쫑 야무지게 떠서 크기가 제각각이었다. 그걸 간신히 이어 붙여 방석이라고 만들긴 했다. 점수는 별로 안 좋았지만 우정의 방석은 겨우내 폭신하고 따스했다. 그런 경험을 하고도 정신을 못 차리고 뜨개질하는 아내 캐릭터를 완성해보겠다는 꿈을 오래도 꾸었다. 내 책꽂이에 꽂힌 매우 다양한 요리책들은 그 꿈의 발자취이다. 요리책을 사고 그중에 한두 개 실습하느라 주방을 정신없이 어지른 다음 책꽂이에 꽂고 또 다른 요리책을 사고 주방을 어지르고 책꽂이에 꽂으면서 늘 똑같은 혼잣말을 하곤 했다.

"하라는 대로 했는데 맛이 왜 이래."

부모의 불화를 겪으며 불안하게 자라는 아이가 자기는 반드시 행복하게 살 거라는 결심을 굳히면서 갖게 되는 온갖 허상은 성장을 방해했다. 현모양처가 행복을 보장할 거라는 믿음은 또 누가 심어준 것일까? 집, 학교 교육, 드라마, 나와 비슷하게 성숙하지 못했던 사람들이 협력하여 이룬 결실일 것이다. 시를 낭송해준 사랑어린배움터 학생이 문제의 현모양처를 일깨워주어서 행복에 대한 강박이 내 삶에 끼친 영향을 이야기하게 되었다. 실은 현모도 양처도 남편이나 아이를 위한 것이 아니라 나의 행복을 위한 관념적인 선택이었다. 젊은 날, 그게 행복일 거라고 굳게 믿었던 그림을 물론 지금은 그리지 않는다. 행복의 반대편에 불행이 있는 것은 아니라는 것 정도는 알고 산다. 해석이 천차만별인 말, 차원이 겹겹인 말. 욕망과 나란할 수 없는 그 말을 품고 자주 불행했던 시간들 중에서도 더욱 불행했던 시간은 남편과 헤어진 뒤 어린 딸이 자는 모습을 바라볼 때였다. 뭔가 애매모호한 느낌을 지니고 아이가 여러 가지 결핍 속에 자랄 것을 생각하면 내가 잘못 산 탓이라는 죄책감을 견디기 힘들었다. 아이가 대학에 들어간 뒤 어느 날 아빠와 엄마가 이혼했느냐고 물었다. 혹시라도 비뚤어질까 봐, 슬프게 자랄까 봐, 남들이 편견을 가지고 대할까 봐, 자기가 하고 싶은 공부를 하면서 신나게 사는 데 찬물을 끼얹을까 봐 그 사실을 말해주지 않고 그동안 연극을 했다.

"아빠 엄마한테 고맙고 너무 미안해. 나 모르게 하려고 엄마 아빠는 아까운 청춘을 다 흘려보냈네."

도리어 엄마를 위로하면서 농을 던져 울다 웃게 만들었다.

"진작 말해주지 그랬어. 내가 놓친 한부모 장학금이 다 얼마인지 알아?"

딸애가 알고 난 뒤 내 목을 감고 있던 쇠사슬이 풀어졌다. 비로소 비밀도 아닌 비밀을 품고 살지 않아도 되었다. 이혼을 나의 죄로 여겼던 시간에서도 풀려났다. 행복의 반대가 불행이 아니듯 이혼도 백년해로의 반대편에서 고개를 떨구고 있어야 하는 말이 아니란 것도 알게 되었다. 딸애 말대로 청춘을 다 보낸 시점이었다. 학교의 선생인 나도 학교를 믿지 않아 법적 정리가 되기 전의 주민등록등본을 아이를 위해 여러 장 떼어두었다. 20여 년 전, 세상을 속이는 괴로움을 토로하자 두더지가 말했다.

"속일 것도 없지만 그렇다고 광고할 필요도 없지. 내가 저 사람을 속이고 있구나 싶은 생각이 들거든 언젠가 저 사람에게 이야기할 기회가 있겠구나, 그렇게 생각해요."

누가 지인에게 나를 좋은 사람이라고 칭찬하자 상대방은 여성이었는데, 그랬다고 했다.

"좋은 사람이 왜 이혼을 했겠어."

'모두'가 아닌 어떤 일부의 사람들이 하는 말, 그것도 평생을 두고 되풀이하는 것이 아니라 그 순간 던지고 잊어버릴 말로부터 나와 딸을 보호하느라 벽을 치고 살았다. 적이 없는데 혼자 싸운 셈이다. 조선도 대한제국도 아닌 21세기, 이 개명한 세상에 남의 눈에 맞춰 산 것도 아니고 남들의 눈은 이러하다는 나의 설정에 갇혀서 '그냥 나'가 아닌 '어떤 나'를 만들며 사느라 애썼다. 배워야 할 것을 배우지 못하고 배우지 말아야 할 것을 배운 탓이다.

"어떤 문제가 계속 마음에 걸려 불편하다는 것은 미안한 말이지만 진리의 중심에 오롯이 서 있지 않다는 뜻이에요."

모든 조건이 협력하여 나에게 허상을 심어줬지만, 또 많은 협력이 그것을 벗겨주었다. 가끔 뵙는 두더지가 건네는 짧은 말들이 공부를 하게 했다. 내게 적절했던 공부의 형태는 고전 읽기였던 것 같다. 함께 공부하는 벗들이 있었고 공부를 도와주시는 관옥 선생님도 계셨다. 전반적으로 나의 생은 운이 좋았다. 발원이 있는 이들의 생은 다 그럴 거라고 생각한다. '이별꽃 스콜레'가 진행되는 관옥나무 도서관은 정갈하고 차분했다. 아이들부터 어른까지 거기 모인 분들의 공감과 격려의 밝은 기운이 느껴졌다. 두더지가 남편도 그 자리에 초대해주셨다. 내게 다가온 새로운 인연인 남편 앞에서 나의 생을 평화롭게 이야기했다. 그가 내게 준 선물이 바로 그 평화이다. 두더지가 남편에게 웃음 띤 얼굴로 물었다.

"어떻게, 살 만하십니까?"

"네. 살 만합니다. 잘 살고 있습니다."

"고맙습니다. 살아주셔서."

"제가 고마운 일이죠."

"형이 고맙다면 제게도 고마운 일입니다."

나의 스승인 두더지가 친정붙이 같았다. 공양간에서 뒤풀이할 때 두더지가 '이별꽃 스콜레'에 대해 이야기했다.

"노는 입에 염불한다고 그냥 한번 이 얘기 저 얘기 하면서 놀아보자는 거지요 뭐."

좋은 말씀이다. 노는 입에 염불하는 사람들이 스콜레인 것 같다.

꽃 지는 자리에 서서 피어나는 꽃을 보는 스콜레.

처음 있는 일

"저기, 은숙 샘!"

올해 우리 학교로 오신 서미원 선생님이 부르셨다.

"엊그제 몸이 안 좋았다매. 금자 샘이 혹시 임신 아니냐고 하길래, 야! 나이가 몇인디 그냥 생리통이겠지, 했어."

생리는 아무나 하나, 요즘 들어 가장 크게 웃어봤다.

"금자 샘이 또 모르는 일이라구, 그래서 물어보는 겨."

몸이 안 좋아서 병원에 가긴 했다. 21대 국회의원 총선이 있던 4월 15일 수요일에 우리의 계획은 아침 일찍 세종에서 투표 마친 뒤

공주 삼천리자전거 대리점에 가서 전동 자전거를 사는 것이었다. 자전거를 타고 유채꽃이 한창인 석장리 금강 길을 달릴 생각이었다. 그런데 아침에 화장실에서 예상치 못하게 심한 변비를 느꼈다. 너무나 딱딱한 변이 항문을 막고 있었다. 관장약을 넣어봤지만 요지부동이었다. 바로 아래 대구 동생 집에 모였을 때 동생이 이런 일로 넷째 제부의 차를 타고 응급실에 실려 간 일이 생각났다. 동생은 의자에 앉지도 못하고 손잡이에 엉거주춤 매달려 가면서 차가 과속방지턱을 넘을 때마다 제 친아우처럼 임의롭게 생각하는 진 서방에게 신경질을 부렸다.

"운전을 그따위로밖에 못 하겠어?"

경북대병원 응급실까지 가는 동안 웃음을 참느라 우리는 환자만큼이나 괴로웠다. 관장을 하고 난 뒤 화장실로 달려가 일을 보고 나온 동생은 평소의 우아한 말투를 되찾고 아이스아메리카노를 주문했다. 내가 일을 당하고 보니 그때의 모든 순간이 이해되면서 병원에 가야 해결될 일이라는 판단도 금방 할 수 있었다. 병원까지 5분 남짓한 거리가 이렇게도 멀 수가…. 1분 1초가 급한데 4층에 가서 엑스레이를 찍고 오라는 의사의 말에 벌컥 화가 올라왔다. 지난한 시간이 지나고 드디어 관장을 했다. 그러나 고통은 점점 더 심해지고 일은 해결되지 않았다. 내과의사는 응급실로 가보는 게 좋겠다면서 휠체어를 내줬다. 동생에게 전화했더니 처음부터 응급실로 갔어야 맞는다고, 내과에서는 약을 주사기로 넣고 응급실에서는 튜브를 깊숙이 밀어 넣는데 변이 너무 단단하면 튜브가 안 들어가기 때문에 간호사가 비닐장갑을 끼고 손가락으로 파내 길을 뚫은 다음에 처치할 거라고 했다. 일 년에 한두 번은 응급 상황을 겪는 변비의 달인이 오리엔테이션해준 과정을 그대로 겪는 동안 오한과 탈진이 생겨 계속 목이 말랐다. 그래서 동생도 아이스아메리카노를 찾으셨던가 보다.

"관장을 두 번이나 했는데도 안 돼."

"더 해줄 수 있는 일이 없다고 하면서 먹는 약 줄 거거든. 걱정하지 말고 집에 가서 따뜻한 물에 약 먹고 조금 누워 있으면 신호가 올 거야."

그 말도 맞았다. 온몸이 뒤틀리는 고통 속에서 집에 돌아오자마자 화장실로 가서 일을 보았다. 곁에서 온갖 험한 꼴을 다 본 남편은 내가 대단한 일이라도 해낸 것처럼 잘했다고 칭찬을 해주었다. 목욕하고 나서 자리에 누워 잠들었는데 눈을 뜨니 어느새 저녁이었다. 머리도 깨질 듯 아프고 몸살이 느껴졌다. 판피린을 마시고 다시 잠들었다. 그러는 동안 투표 마감 시간도 지났다. 내 한 표는 날아갔지만, 결과는 내가 행사하려고 했던 표의 방향과 같았다. 정신을 좀 차리고 나니까 간호사들이 떠올랐다. 미안하고 창피하고. 어떻게 그런 일을 하나 싶었다. 동생은 그래서 항문외과로 가는 게 낫다고 했다.

그분들이야 어차피 늘 하는 일이니 나 하나 더 얹어도 덜 민망하다고. 두 번 있어서는 안 될 일이지만 혹시라도 다시 이런 끔찍한 일이 생기면 항문외과로 가리라고 다짐했다.

다음 날 동생은 전화로 변비의 원인까지 짚어주었다. 원격수업 준비한다고 스트레스를 받았을 테고 교실을 왔다 갔다 하지 않고 내내 컴퓨터 앞에 앉아 있었을 텐데 오래 앉아 생활하면 변 끄트머리가 딱딱해진다면서 아마 우리는 장이 길어서 자주 물 마시고 운동해주지 않음 같은 일을 계속 겪을 거라고. 장이 다른 사람보다 길다고? 좀 잘라내야 하나. 아이를 낳은 것처럼 어깨, 등 할 것 없이 결려 입맛이 쓰면서도 농담이 나올 만큼 회복이 되었다. 일상사에 나름의 독특한 이치를 똑 부러지게 정리해두고 있는 여사는 맞거나 말거나 역시 지체 없이 답을 내놓았다.

"허리가 긴데 장을 자르면 공간이 남지. 횡-해질 거 아녀."

아이들이 학교에 없는 봄은 내 생에 처음 있는 일이다. 대한민국 헌정사에서도 처음이라고 한다. 코로나19 때문에 개학을 못 해서 아이들은 마스크를 끼고 학년별 반별로 시간을 달리해 학교에 와서 교과서만 받아 갔다. 개학이 2주 미뤄진 뒤 교사들만 출근한 3월 첫날은 청소 용구도 분배하고 마을과 함께하는 청소년 동아리 활동 계획도 세우고 수업 준비도 하면서 보냈다. 커피를 여유롭게 마신 3월 아침도 처음이었다. 아이들이 오기 전에 천천히 개학을 준비할 수 있는 2주간의 보너스가 생긴 기분도 없지 않았는데 생각과 달리 전염병은 잦아들지 않고 개학은 세 차례나 더 미뤄졌다. 그 사이 과학실 앞의 예쁜 별목련도 피었다 지고 매화도 시들었다. 빈 교실 앞을 지나가면 괴괴했다. 레이철 카슨이 말한 "침묵의 봄"이 바로 이거구나, 실감이 나고 아이들의 생기 있는 재잘거림과 에너지로 가득 찼던 학교가 다시 돌아올 수는 있는 건가 싶기도 했다. 아이들이 있을 땐 교실로 특별실로 교무실로 오가는 것만 해도 퇴근할 때까지 5000보 가까운 걸음이 만보기에 기록되었다. 온라인수업과 업무 포털에 매달려 있던 며칠은 온종일 컴퓨터 앞에만 앉아 있다가 점심 먹고 난 뒤 겨우 운동장 두어 바퀴 돌고 다시 컴퓨터 앞으로 돌아갔다. 마침내 변비 참사를 겪고 난 뒤, 교사인 내 몸은 아이들이 있는 학교에 맞게 평생 길들어왔다는 걸 알았다. 내가 아이들을 돌보고 살피는 줄로만 알았더니 나도 녀석들의 싱그러운 생에 기대어 살았다. 그 애들은 자신도 모르게 어른들의 등을 밀어주며 걸었던 것이다. 그런데 이런 세상을 물려주다니. 밀집하고 경쟁하고 소비하고 끝없이 움직여야 하는 시스템을 물려줄 수밖에 없다니. 구체적인 미안함이 몸으로 느껴진다.

지란재에서 온 편지

이삿짐을 싸다 말고 책 더미 위에 앉아 상자에서 나오는 엽서와 편지를 읽는다. 20년, 30년 전의 편지 봉투에 적힌 내 주소엔 '김홍석 씨 댁'이란 것도 있다. 그렇게 아무개 씨 댁 방 한두 칸에 세 들어 보낸 스무 살, 서른 살 시절에 맺은 젊은 인연들이, 이사할 때마다 뭔가 싶어 한번 들여다보고 다시 닫아두는 상자 속에 가득 들어 있다. 편지를 뒤적이면서 보니 마흔 살 중반 이후 내 마음이 깃든 곳은 청양이었다. 청양중학교에 발령받아 간 첫 주에 여선생님 몇 분이 점심시간에 밥을 사주셨다. 모두 처음 만나는 분들이었다. 지금 생각하니 그 환영은 참 고맙고 따스한 것이었다. 신학기 3월은 너무나 바빠서 남을 돌아볼 겨를이 없는데 청양 선생님들은 낯선 곳에 부임해 온 동료에게 그런 마음을 내셨다. 청양시장의 밥집에 모여 앉았던 이기자 선생님, 김영희 선생님, 황영순 선생님, 성기연 선생님.

김영희 선생님 말고는 모두 청양에 터를 잡고 사는 그분들과 곧 의기투합하여 청양중 독서 모임을 시작했다. 공주에서 출퇴근했지만, 청양에서 얼마나 신나게 어울려 살았는지 선생님들이 청양댁이라는 훈장을 달아주었다. 그 후로 15년, 스무 명 안팎의 선생님들과 한 달에 한 권씩 책을 읽고 만나면서 나이를 먹었다. 오래 만나다 보니 책도 내게 되었다. 책이 진행되는 동안 친구가 된 출판사 사장님이 북 콘서트 〈선생님의 책꽂이〉를 기획했다. 시골 학교 교사인 우리들은 책을 내자고 할 때와 마찬가지로 마구 손사래 쳤지만, 막상 눈앞에 닥치자 서울로 올라가 책을 낼 때처럼 또 열심히 열심히 콘서트를 진행했다. 선생님들의 말대로 '평생에 처음 해보는' 일들이 많은 시간이었다.

독서 모임의 부부 회원인 황영순 선생님과 이훈환 선생님은 농부가 되었다. 어느 날, 황 선생님이 의논할 일이 있다면서 공책을 한 권 들고 오셨다. 황 선생님은 독서를 통해 새롭게 받아들인 가치를 삶에 적용하고 실험하고자 했다. 공책에는 땅을 살리는 농사와 직접 농사는 못 짓더라도 그러한 삶을 응원하고 동참하는 이웃으로 살아갈 수 있는 방법, 그 방법 중의 하나인 농산물 꾸러미 회원 모집, 자급자족을 위한 생활의 계획이 조목조목 적혀 있었다. 김영희 선생님 말씀이 황 선생님은 세 가지를 동시에 한다고 했다. 대부분의 사람은 생각한 뒤 말을 하고 행동에 옮기는 단계를 보이는데, 황 선생님은 생각을 말로 하면서 동시에 몸이 나간다고. 박장대소, 동감이다. 황 선생님은 농약 없이 사과나무 재배에 성공했다는 일본의 농부 이야기를 읽고 나서 어느 틈에 남편을 시켜 시댁 밭에 사과 묘목 100그루를 심었다. 약도 비료도 주지 않는 사과나무는 해가 바뀌어도 돌배 모양의 알 수 없는 열매만 드문드문 매달아 시어머님을 근심케 했다. 일본 농부가 10년을 기다렸으니 우리도 10년은 해봐야 하지 않겠느냐, 하는 며느리 때문에 시어머님은 사과나무를 벨 때까지 이후 10년간 이상한 사과밭을 지척에서 보셔야 했다. 공책을 들고 만난 뒤 오래지 않아 농산물 꾸러미도 시작되었다. 농사로 잔뼈가 굵은 농부의 아들 이 선생님이 황 선생님의 남편이 아니라면 쉽지 않았을 것이다. 복잡하게 생각하거나 미리 염려하지 않고 마음먹으면 바로 추진하는 황 선생님이 이 선생님의 아내가 아니라면 일반 작물은 물론이고 표고와 청계알과 산마늘과 블루베리에 수제 맥주까지, 자급자족하는 생활의 열매를 옆에서 같이 누릴 수 없었을 것이다. 지네 발만큼 손이 많아도 바쁠 텐데 이상하게도 황 선생님 부부는 늘 여유로워 보인다. 반대로 거저 얻어먹기만 하는 나는 이렇게 분주하다.

한 달에 한 번, 농산물 꾸러미와 함께 보내왔던 '지란재 식구들에게 보내는 편지'가 손에 잡힌다. 지란재(芝蘭齋)는 황 선생님 부부가 손수 지은 집의 이름이다. 이 명쾌한 부부는 대들보를 깎아놓고 나서 상량문에 들어갈 말을 써내라고 전화했다. 쓸 줄 모른다고 하니 우리 집이 어떤 집이 되길 바라는지 알 것 아니냐고, 그 마음을 써달라고 했다. 식구들만 쓰는 집이 아니라 좋은 뜻을 가진 분들과 교제하는 집을 짓고 싶다는 주인의 마음을 어떻게 표현할까? 자연을 거스르지 않고 순리대로 살고 싶다는 그 마음을 한마디로 표현하면 뭐가 될까? 생각해보니 그건 '도(道)'였다. 함께 걸어가며 닦아가는 가장 맑은 길.

"꽃과 새와 바람 더불어 숲. 맑은 길을 품고."

두 분은 성격대로 더할 것도 뺄 것도 없이 한 번에 오케이를 내렸다. 나는 그래도 덜 무서운 역할을 맡은 것이었다. 독서 모임의 김종학 선생님은 그 문장을 대들보에 붓글씨로 써야 했다. 김종학 선생님이 하도 난감해서 서예 하는 분을 소개하겠다고 했더니 대가의 예술작품은 자기들에겐 의미 없다고 했다. 벗들의 글과 글씨로 상량을 하는 것이 이 집을 짓는 뜻에 맞는 일이며 잘 쓰고 못 쓰는 건 아무 상관이 없다고. 김종학 선생님은 그 말을 들은 뒤부터 잠이 오지 않았다고 했다. 연습에 연습을 거듭하고도 목욕재계하고 술을 한 잔 마신 뒤에야 상량문을 완성할 수 있었다. 거실에서 올려다보면 김 선생님이 한 글자 한 글자에 얼마나 정성을 들였는지 느껴진다. 예술보다 앞서는 건 그런 마음이란 걸 알겠다. 관옥 이현주 목사님이 청양에 오셨을 때 청을 드려 받은 이름 '지란재'는 명패나 현관에 붙박이지 않고 흙 기운 건강한 채소를 벗들에게 실어 나른다. 그것은 발신인의 꿈을 담은 이름이자 꾸러미를 응원하고 동참하는 수신인들의 이름이기도 하다. 누가 보지 않아도 향기를 멈추지 않는 깊은 산중의 난초와 같이 한번 살아보지 않겠느냐, '지란재 식구들에게'라고 시작되는 편지와 꾸러미를 받을 때마다 벗들의 제안이 푸성귀처럼 싱싱해지는 것 같다. 지란재 편지를 읽어나가면서 농사 초기에 보낸 편지에 담긴 황 선생님 부부의 생각이 10년이 지난 지금까지 변함이 없을 뿐 아니라 점점 더 깊어지고, 확장되었다는 사실을 깨달으며 감동하느라 이삿짐 정리는 한없이 늘어졌다.

추석이 빠르지만 절기에 맞추어 아침저녁 날씨가 매우 쌀쌀해졌고, 한낮의 뜨거움도 한결 누그러졌습니다. '가을옷'이라고 적힌 옷상자를 찾아서 가을옷을 꺼내고 여름옷을 넣었습니다. '가을옷' 글씨 반대편에 '여름옷'이라 적었습니다. 옷상자 뚜껑을 돌려놓으며 계절이 흘러갑니다. 이제는 평상시 입을 옷보다 작업복이 더 많아졌습니다. 밭에서 일하는 시간이 많아지며 멀쩡한 옷들이 작업복으로 바뀌었습니다. 구두보다도 장화가 더 많아집니다. 발목이 긴 장화, 짧은 장화, 동네 초상 때 얼어 신은 꽃무늬 장화….

김장 배추 200포기 심어놓고 아침저녁으로 문안 인사드리던 남편이 "배추 모가지를 뭐가 따먹었어. 땅을 파보니 근심이도 없고 여치나 메뚜기 짓인가?" 못내 속상해합니다. 근심이 말고 새로운 적이 나타났습니다. 다시 40포기 사다가 빈 곳을 메꾸고 또 메꾸고. 범인은 못 찾은 채, 배추가 빨리 크기를 바라고 있습니다.

이제 닭의 생리를 알아갑니다. 이웃들의 닭보다 무척 더디지만 크긴 컸습니다. 목청이 제법 굵어진 닭도 있습니다. 어렵게 키운 토종닭 두 마리를 영양실조(남편의 판단)로 잃고는 닭 먹이에 대해 고민했습니다. 대책 없이 사료를 안 먹인 우리의 불찰로 느껴져 먹다 남은 땅콩, 먹고 난 꽃게 껍데기, 벌레 먹은 밤. 달걀 껍데기를 분쇄기로 갈아 싸라기, 쌀겨랑 섞어서 줍니다. 보관해놓은 비트 잎, 당근 잎도 잘게 썰어줍니다. 닭들이 제법 잘 먹습니다. 앞으로 잘 키울 것 같습니다.

밭 한 두둑에 뿌렸던 열무 싹이 빽빽하게 올라왔습니다. 열무를 솎아 김치도 담고 닭도 줍니다. 남아 있는 열무보다 뽑힌 것이 더 많습니다. 열무 사이에 틈을 주어 바람도 통하게 하고 뿌리도 튼실하게 하려고 솎

아줍니다. 열무뿐 아니라 빡빡한 나의 삶도 여유 있게 몇 줄기만 남기고 쏙쏙 솎아야겠습니다.

내년 2월에 명퇴를 하려고 합니다. 벌이는 적어도 느린 삶을 살려고 합니다. 29년 동안 업으로 삼았던 '선생 노릇'을 내려놓고 시골 아낙네로 살렵니다. 이제 가르치는 일을 멈추고, 제대로 농사짓는 일부터 시작하여 삶에 유용한 것을 배우고 싶습니다.

날씨가 제법 추워 서리가 창고 지붕 위, 논두렁 위에 하얗게 내리곤 합니다. 아침에 밭에 나갔다 온 남편이 "지난밤 서리가 호박과 호박잎을 다 잡아갔다"고 아쉬워하기에 그 말이 하도 우스워 "아니, 어디로 잡아갔다는 거야. 하늘로? 땅속으로?" 하고 뜻은 알면서도 모르쇠 쉰 소리로 답합니다. 이제 밤새 서리가 내리는 날이 많아 청경채, 당근, 아욱, 비트 등 뒤늦게 심은 쌈거리들을 돌보느라 아침저녁으로 포장을 덮었다 젖혔다 합니다.

해마다 우리 부부가 농사짓는 밭이 늘어갑니다. 처음 윤 씨네 산소 딸린 종토에서 시작하여 그 위에 배 씨네 밭, 그리고 그 옆에 유 씨네 밭으로 넓혀나갔습니다. 길이 없는 맹지라 몇 해 동안 묵혀두고 있는 자그마한 밭입니다. 집에서 가까운 곳에 있어 아침저녁으로 들여다볼 수 있다는 것과 묵혀둔 밭이라 농약이나 제초제와 거리가 멀다는 것이 좋아 얻었습니다. 올해는 작년까지 다른 분이 고추 농사 짓던 연화 할머니네 밭까지 얻었습니다. 이 밭만 일 년에 쌀 닷 말 도지를 주고 다른 밭은 공짜입니다. 남편이 부지런하다고 마을에 평이 나서 우리보고 지어보라고 해서 맡았습니다. 처음에는 남편 잡을 것 같아 엄두가 안 났는데 밭에서 옥수수, 참깨, 땅콩, 들깨, 야콘, 고구마를 수확하고 콩도 곧 수확할 예정입니다. 우리가 거두는 수확물의 종류와 양도 많아졌지만, 우리가 하나씩 일구어나갈 때마다 농약 하지 않고 제초제 뿌리지 않으니 숨어 있던 잡초들과 생물들이 꿈틀거리며 땅이 살아나 의미가 있는 일입니다.

날씨가 추워져 서리 내리기 전에 고구마, 야콘, 토란을 캐서 거두었습니다. 그 틈에 고구마 줄기를 뜯어놓았으나 삶아 말리지 못하였고, 야콘 잎은 다행히 살짝 데쳐 한 봉지 한 봉지 담아 데친 물을 한 컵씩 넣어 냉동 보관해두었습니다. 묵나물을 만들 때 찬물에 헹구면 데친 상태가 변한다고 합니다. 데쳐서 바로 선풍기 등을 이용하여 빨리 식히고 데친 물도 식혀서 잠길 정도 넣어서 보관하는 것이 가장 처음 상태에 가깝게 유지한다고 합니다. 아직도 시골살이 먹거리가 낯설어 시어머님, 마을 아주머니들께 여쭈어보기도 하고 열심히 인터넷을 넘나들며 알아갑니다. 가을인데도 봄철에 났던 냉이, 쑥, 고들빼기, 달래가 다시 올라와 있습니다. 작년에 알아차리지 못한 것들입니다. 안 보이던 것들이 보이니 눈이 밝아진 것이고 눈이 뜨인 만큼 먹거리가 늘어갑니다. 몸만 부지런하면 자연이 주는 것을 풍부히 누리며 행복하게 살 것 같습니다.

농사를 짓고 꾸러미를 꾸리며 생각도 변하고 생활 태도도 많이 변했습니다. 그중 하나는 비닐봉지를 아끼게 된 것입니다. 전에 시어머님 집에 가면 빨랫줄에 하얀 비닐, 검정 비닐이 집게에 물려서 나풀나풀 날리는 모습을 보며 '비닐봉지 한 팩이 얼마나 한다고, 빨아 널었을까' 옹색한 느낌이 들었는데, 지금은 저도 쓸 만한 비닐을 휴지통으로 보내지 않고 말려 쓰고 외출해서도 챙겨옵니다. 수십 장 들어 있는 위생 팩 한 갑의 값을 보는 것이 아니고 수십 장이 땅속에서 썩지 못하고 남아 있을 모습을 보게 되는 것입니다. 예전에 박완서 선생님의 글에서 읽었는데, 수돗물을 아끼는 선생님의 모습을 보고 수도세가 얼마나 한다고 그러냐고 지인이 묻자 수도세를 아끼는 것이 아니고 수돗물을 아끼는 것이라고 대답하셨다는 내용이 있었습니다. 오늘 와서 더욱 실감 나는 부분입니다. 지란재 식구들도 꾸러미 속에서 쓸 만한 용기들을 모아놓았다 다시 보내주시곤 합니다. 점점 덜 버리고 살 수 있는 삶으로 나아가기를 바랍니다.

아침에 출근하다 보니 동네 입구 큰 도로를 물청소하는 차가 보입니다. 지난 2년 동안 우리 마을 분들을 숨 조이게 하며 힘겹게 싸움시킨 돌공장이 드디어 철거하며 뒷정리를 하는가 봅니다. 돌만 캔다고 순진한 동네 분들한테 도장을 받아 가더니 슬그머니 돌을 파쇄하는 시설을 갖추고 본격적인 돌공장을 운영하려고 했습니다. 쇄석에서 나오는 돌먼지며 소음공해로 농작물뿐만 아니라 가축까지도 피해가 심하다고 합니다. 몇 명이 주축이 되어 서명 용지를 작성하고 수줍어하는 마을 분들과 함께 장날, 군민들을 상대로 서명을 받으러 삼삼오오 짝을 지어 돌아다녔습니다. 군청 앞, 면사무소 앞, 마을 앞에 돌공장은 즉각 철거하라는 현수막도 걸었습니다. 돌공장 앞에 마을 어르신들 앉히고 둘러서서 주먹 불끈 쥔 모습으로 사진도 찍었습니다. 60, 70년 평생 머리털 나고 처음으로 낯선 사람들 상대로 서명을 받아본 마을 사람들, 처음의 수줍던 마음이 흥분되어 그날 저녁 식사 자리는 사기충천했습니다. 마을회의 때마다 목소리 큰 이장님도 군청 앞에 현수막 거는 것은 못내 걱정하시더니 다는 순간에는 멀찌감치 떨어져서 구경만 합니다. 산에 둘러싸여 하늘 보고 땅만 보고 산 마을 사람들, 마을 사람과 안면을 핑계로 도장 받아 가는 돈 많은 사람들, 마을 사람들은 본인들이 받을 피해보다 아는 사람이라는 이유로 다가서면 냉정하게 거절 못 하는 순진한 분들입니다. 그런 분들이 돌공장을 철거하라고 마을 밖으로 나온 것입니다. 돌공장 주인들의 돈 장난으로 마을 인심이 사나운 적도 있었지만, 결국은 한마음이 되어 마을 밖으로 나섰습니다. 이날도 돌공장과 깊은 인연이 있는 분들은 끝내 참여하지 않았습니다. 조용했던 마을이 많이 시끄러웠습니다. 몇 번 있었던 재판에서 불안한 부분도 있었지만, 철 구조물들이 뽑히고 원래의 모습으로 돌아가는 것을 보니 이제야 싸움이 끝났나 봅니다.

편지는 2014년에 끝났다. 땅을 살리는 농업, 같은 생각을 하는 사람들을 북돋우고 의지하며 이웃에게 좋은 영향을 끼치는 삶. 마음에 두었던 방향으로 걸어가면서 두 분의 역할이 점점 다양해지자 편지 쓸 시간을 내기가 어려워졌다. 3년간 매달 빠짐없이 날아온 이 아까운 통신을 사람들이 같이 읽을 방법이 없을까, 궁리하며 행복한 마음으로 옮겨 적다가 급기야 통화도 했다. 꾸러미 받는 것도 좋지만, 함께 걷자는 것이 먼저인데 편지가 없으니 세세한 일들을 공유할 수 없어 아쉬웠다.

"내가 맨날 똑같은 이야기만 하는 것 같아서. 뭐 그래도 쓰라니 한 번 써보도록 할게."

그렇게 말씀하셨으니 다음 달부터 편지가 날아올 것이다. 10년이 지난 지금 '마을'은 황영순 선생님 부부를 설명하는 중요한 말 중의 하나가 된 것 같다. 이웃인 성기연 선생님 부부와 더불어 오룡리의 주민으로서 내가 볼 땐 '사는 것같이' 사신다. 고되기도 하고 어려운 일도 많을 텐데 사실 전달만 할 뿐 괴로움을 전하지 않는다. 재밌는 일만 재밌게 이야기해주신다. 예를 들어 오룡리 마을 어르신들이 참

여하는 영화 모임. 처음엔 마을회관에 모여 영화를 보았지만 이제 청양극장으로 진출했다. 덕분에 세상에 태어나 극장에 한 번도 가본 일이 없는 할머니께서 정식으로 상영관에 앉아 팝콘을 드시며 영화를 보셨다고 한다.

독서 모임을 하는 날, 이훈환 선생님의 차에 싱싱한 농산물 꾸러미가 실려 온다. 상추, 오이처럼 재배한 작물도 들어 있지만 냉이, 쑥, 머위, 두릅같이 밭에서 산에서 채취한 나물도 있고 마당에 심은 블루베리가 쨈이 되어 오기도 한다. 경작보다 채집하는 삶을 살고 싶다던 말씀이 꼬물꼬물 싹을 틔우는 것 같은 선물이다. 자연을 스승으로 삼고 배운 대로 살겠다는 뜻을 세운 황 선생님 부부를 보면 사람이 한번 품어볼 만한 맑은 길 하나가 보이는 것 같다.

문의 저편

    명예 퇴임을 하고 학교를 떠나시는 김 선생님이 창호지 문을 하나 얻어다 주고 가셨다. 돌쩌귀와 문고리가 그대로 박혀 있다. 키가 높지 않은 걸 보니 어느 나지막한 옛집에서 고개 숙이고 드나들던 문인 것 같다. 이 문을 여닫던 집은 솥이며 돌절구며 항아리와 마룻장을 필요한 곳에 나눠 준 뒤 흙으로 돌아갔을 거라고 생각해본다. 작년 겨울, 학교 예절실을 수리할 때 문살이 있는 창문을 다 떼어버렸다고 해서 깜짝 놀라 그 귀한 것을 왜 버렸느냐고 아까워했더니 그 문은 진짜 창호지 문이 아니고 흉내만 낸 피브이시(PVC) 재질의

우드 새시였는데 오래되어서 쓸모가 없다고 하셨다.

"그거 뭐 하게?"

"가을마다 창호지 바르려고요. 국화잎도 붙이고."

그랬는데 문짝 하나 학교 창고 앞에 세워놨다고 가져가라고 방학에 전화하셨다. 세워놓기 좋게 나무로 깎은 다리도 끼워 있었다. 문을 들고 와서 베란다에 세워놓았다. 옆자리에 앉은 교무부장 박영순 선생님도 어린 시절에 밀가루 풀을 쑤어 문을 바르는 집에서 사셨다고 한다. 손이 자주 닿는 문고리 옆에 댓잎을 붙이고 종이를 한 겹 더 발라 문이 쉽게 찢기지 않게 하던 것과 개가 짖으면 창호지 문에 난 작은 유리로 밖을 내다보던 일을 기억하신다.

방을 잃은 문. 문만 남은 기억 속의 방.

볕 좋은 가을날 문을 떼어 물에 적신 뒤 빛이 바랜 창호지를 벗기고 풀을 먹인 새 종이를 바르면 문은 가을볕 속에서 다시 깨끗하고 팽팽하게 살아났다. 얇은 창호지 한 장이 눈보라 치는 겨울날에도 식구들의 잠을 따스하게 지켜냈다. 겨울을 나고 습한 여름을 보내는 동안 찢기고 구멍도 나면서 누렇게 낡았던 문은 쾌청한 가을 하늘 아래서 위로와 보상을 받았다. 투명한 햇살이 스며든 창호지의 눈부시게 흰 빛깔은 옛사람들이 고단한 살림 속에 묻어둔 화사한 감성 한 자락을 흔들어 깨웠는지도 모르겠다. 말려두었던 국화잎과 풀꽃을 올리고 그 위에 창호지를 덧발라 무늬를 내는 어느 하루의 호사.

돈도 필요 없고 사람을 사지 않아도 되는, 지금 생각하니 누구에게도 해를 끼치지 않는 인테리어였다.

아파트를 리모델링하면 위아래 집이 다 시끄럽다. 독한 화공약품 냄새 때문에 며칠씩 문을 열어두고 독한 기운을 빼내도 한동안은 눈이 따끔거린다. 옛집은 순했다. 밀가루 풀을 쑤어 새로 문 바른 날, 또 벽지 바른 날, 불 땐 방 안에 엎드려 풀 마르는 냄새만 맡고 있어도 좋았다. 버리고 나니 버린 것이 아니라 영영 잃은 것이란 걸 알겠다. 아파트 뒷산을 산책할 때 노랗게 쌓인 솔잎과 죽은 나뭇가지들을 보면 조바심이 난다. 지척에 땔감이 지천인데 그냥 버리는 것만 같다. 어린 날엔 먹고 입는 기본적인 일에 날마다 너무 많은 시간과 노동력을 들인다고 생각했다. 저녁때 샘에 물 길러 가는 일, 산에서 나무하는 일, 개울에서 빨래하는 일, 해야만 해서 할 수 없이 했던 그 일들은 이제 하고 싶어도 할 수가 없다. 생수가 우물에 공짜로 차 있었다니, 빨래를 할 만큼 깨끗한 개울물이 집 앞으로 흘렀다니, 불 때서 가마솥에 지은 밥을 삼시 세끼 먹었다니, 먹고 입는 일에 시간을 충분히 쓸 수 있었다니….

사람이 무엇을 기억하면서 사는가, 하는 것은 삶의 태도에 영향을 미친다. 산에 가서 어렵게 나무를 해다 불을 때던 우리는 나뭇가지 하나도 아끼지 않을 수 없었다. 아버지와 오빠들이 있는 다른 집들과 달리 외할머니와 엄마, 딸들만 사는 우리 집은 갈퀴로 긁어모

으는 가랑잎이나 솔잎, 죽은 나뭇가지를 주워 모으는 것이 고작이었다. 친구네 집에 갔을 때 가장 부러웠던 것도 추녀 밑을 빈틈없이 채운 장작이었다. 겨울 내내 때도 남을 것 같은 장작을 보면 그 집이 그렇게 단단하고 따스해 보였다. 방 안의 온기를 오래 지속하기 위해 아궁이를 꼭 닫아주고 부엌문을 잘 지쳐놓고 아랫목에 이불을 덮어두던 기억은 집과 교실, 교무실의 난방 온도가 너무 높을 때, 복도를 지나다 빈 교실에 에어컨이 돌아가고 있거나 불이 켜 있을 때 곧바로 작동한다. 저절로 몸이 가고 손이 스위치를 누른다. 계량기의 톱니바퀴가 돌아가는 속도를 늘 살피던 어린 날의 기억은 불필요한 플러그를 뽑게 한다. 울타리 밖의 샘에서 양동이로 물을 길어 나르던 기억은 물을 아끼게 한다. 힘들었던 가난이 준 재산이다. 가난해서 세상에 해를 끼칠 수 없던 날들이 내 생활에 풀이 마르는 냄새처럼 아늑하게 스며 있다.

우리 집에 온 창호지 문을 여닫던 그 집은 어쩌면 솥이며 돌절구며 항아리와 마룻장을 필요한 곳에 나눠 주기 전에 골동품을 탐하는 이들에 의해 하나둘 뜯겨 나갔을지도 모른다. 강제로 문을 잃은 방, 방을 두고 끌려 나온 문일지도 모른다. 어릴 때 살던 나의 집도 비워둔 지 일 년이 채 되지 않아 그런 몰골이 되었다. 그러나 이런 생각도 든다. 그렇다 해도 인정사정없는 이 세상이 하는 짓을 옛집은 연민의 눈으로 지켜보았으리라고. 달라는 대로 벗어주고 흙으로 돌아갔으리라고. 불행한 것은 집이 아니라 조금의 추위, 조금의 더위, 약간의 불편함도 참지 못해 세상을 망가뜨리고 있는 우리들이다. 옛 살림의 지혜를 훔쳐내면서도 제대로 쓰지 못하고 인테리어 부품으로 붙박이나 하는 이 시대이다. 가을이 오지 않아 아직 문살로 서 있는 베란다의 문을 보면서 다행히도 내겐 춥고 고단했던 날들이 아주 잊히지 않고 남아 있다는 것을 생각한다. 저 문의 뒤에 따스함을 간절하게 지키던 내가 서 있다. 거기 서서 나를 바라보고 있다.

나를 위해 쓴다

＊

　호박잎에 모이는 빗소리는 가난한 시인 박용래가 좋아했던 소재였다. 호박잎에 빗소리를 모으는 헛간 지붕처럼, 너무 멀지 않은 곳에 낮은 산비둘기 울음을 걸어두는 우리 동네처럼, 나도 크지 않고 높지 않은 내 곁의 이야기를 모은다. 시끄럽지 않은 골짜기에 반딧불 같은 이야기들이 산다. 띄엄띄엄 번갈아 켜지는 반딧불이들의 작은 호롱은 어둠을 몰아낼 만큼 눈부시지는 않지만, 어둠 속에도 막막한 어둠만 있는 것은 아니라는 신호이자 아무도 두려움 속에 혼자 있지 않다는 위로의 메시지이다. 아름다움을 사랑하는 나의 방법은 연필을 깎아 천천히 옮겨 적는 것이다. 어둠의 광활함에 눌리지 않고 날마다 조그만 등을 켜는 사람들, 새된 목소리로 자기 생각을 강요하지 않는 사람들, 담담하고 묵묵한 사람들이 사는 이야기가 사각사각 공책을 채울 때 내 삶이 다시금 가지런해지는 것 같다. 살다 보면 마음이 옹졸해질 때가 있다. 하루에도 몇 번씩 퇴행이 일어난다. 그런 어느 날 어두컴컴한 마음으로 공책을 열면 여전히 아름다운 사람들의 꾸준한 일상이 거기 있다. 실망하는 마음, 탓하는 말, 거리를 두는 태도, 온갖 시시한 짓을 하며 살다가 정신을 차린 나는 남루함을 벗고 몸을 돌려 이웃의 곁으로 돌아간다.

이주야, 뭐 하니?

괜히 물어보고 이미 발을 옮겨 그곳으로 가면서 다정한 대답을 듣는다.

응. 그냥 있다, 어서 온나.

저녁 먹고 마실 오듯 친구 셋이 공산성 아래로 이사 왔다. 한 사람은 소설을 쓰고 그의 남편은 평론을 한다. 한문을 공부하고 책을 쓰고 강의를 하는 나머지 한 사람은 길 건너 제재소 근처에 집을 정했다. 소설가 부부가 산성 비탈길의 이층집을 4000만 원에 통째로 샀다고 해서 뭔가 잘못된 것이 아닐까 생각했다. '집 고쳐주는 동네 오빠' 윤 선생님에게 전화해보았다. 대충 위치를 듣자 거긴 철근 골조 없이 조적식으로 벽돌을 쌓아 올려 지은 집들이 있는데 그런 집이면 지진이 일어나는 경우 무너질 수도 있다고 했다. 큰일 났네. 그런데 골조 없는 집을 직접 방문한 윤 선생님은 생각보다 튼튼하다고 옥상에 방수 처리 정도 하고 살면 되겠다고 희망적인 답을 주었다. 친구는 무척 기뻐했다. 집을 보러 다니다가 너무 더워서 에어컨 바람을 쐬려고 길옆에 있는 부동산에 들어갔더니 공주에서 가장 싼 집이라며 여길 소개해주었다고 신나게 설명해줬다.

　살 수 있을까 싶던 집은 조금씩 때를 벗었다. 부부는 썩은 싱크대를 뜯어내고 옥상에 파란 방수액을 칠했다. 우중충한 집 안이 연둣빛 페인트로 산뜻해졌다. 심지어 나비가 날아다니는 걸 보고 놀라 저것도 네가 그린 것이냐고 하니까 원래부터 나비 무늬 벽지였는데 나비를 피해 칠을 한 거라고 했다. 집을 고치는 일은 전문가가 전담하는 줄 알았는데 소설가는 산성시장을 드나들며 태커와 비닐, 각목, 종이, 시트지 같은 재료를 사다 놓고 미술 시간처럼 꼬무락거리면서 낡은 탁자를 새 탁자로 둔갑시키고 외풍을 막는 바람막이도 만들어냈다. 평론가 친구가 서재로 쓰는 방 모퉁이에 변기 하나만 달랑 놓인 화장실이 있었는데 이사할 때 챙겨왔다는 창호지 문을 달아 공간 분리를 했다. 창호지 문이 화장실을 다 가려주지는 못해서 일을 볼 땐 서재 주인이 잠시 자리를 비켜주어야 하는 약간의 배려가 필요하긴 하지만, 변기 시트에 긴 털양말을 씌워 엉덩이가 차갑지

않은 것도 맘에 들고 30촉 알전구도 적당히 어두워 좋았다. 연탄난
로 앞에 모여 앉아 우린 자주 따스한 겨울을 보냈다.

타다닥 탁탁 타다닥 탁 타다닥 탁탁 타다닥 탁 탁 타다닥 탁 탁 타다
닥 탁 탁 탁. 깍깍깍 쩍쩍쩍 타다닥 쩍쩍 깍깍깍 탁 탁 탁 쓰읍쏩 찌르르.

플라스틱 골판 지붕 위로 진눈깨비 떨어지는 소리와 새 울음이 섞여
한참을 들리더니 진눈깨비는 어느새 싸락눈으로 나풀댔고 새 울음도
어스름 저편으로 사라졌다. 소리가 사라지자 y의 몸이 이스트가 들어간
빵 반죽처럼 다시 부풀어 벌써 2인용 소파를 가득 채우고 바닥으로 흘
러넘치기 시작한다.

"택뱁니다. 대문 앞에 두고 갈게요."

택배 기사 안명신 씨의 씩씩한 목소리는 언제나 사람을 기분 좋게 만
든다. 경쾌한 목소리가 닿자 y의 몸이 피유— 바람 빠지는 소리를 낸다.
늘어졌던 피부가 착착 줄어든다. 알맞은 몸이 된 그녀가 소리의 통로였
던 창문을 닫고 부엌으로 나온다. 반죽기가 왔으니 달걀과 밀가루와 우
유와 버터, 그리고 또 뭐가 필요하지? 어스름 속으로 사라지는 눈송이
들의 자취를 부엌 창으로 더듬으며 그녀가 중얼거리자 내일이면 스물
넷이 되는 딸애가 "딸기" 하며 전등 스위치를 켠다.

실내가 또렷해지며 벽 한쪽을 꽉 채워 자란 마삭줄 이파리가 머금은
윤기와 현관 입구에 나란히 걸린 마스크가 선명히 드러난다. 매듭을 지

어 구분한 제 마스크를 쓴 y가 현관을 열고 대여섯 걸음을 옮겨 녹슨 철
대문을 연다. 니야옹. 반죽기 상자를 집어 들고 어둑한 비탈길을 훑어보
지만 나미네는 보이지 않는다. 간혹 그들의 울음소리는 들려오는데 그
들의 모습은 통 보이지 않는다. 나미네 가족은 이제 거처를 옮긴 걸까?
화분들이 실내로 옮겨지자 나미네도 이 골목에서 사라졌다(고 그녀는 생
각한다).

　"우리 집은 온수도 나옵니다."

　딸애가 쌀을 씻으며 노래를 흥얼거린다.

　친구가 쓴 소설이 좋아서 연필을 깎았다. 세 군데를 베꼈다. 소설
가 부부는 겨울밤 산성에서 고라니가 지신 밟듯 골목을 밟고 내려
와 이 집의 딸내미가 빈 화분에 미리 마련해둔 건초를 먹고 가는 장
면을 내가 좋아할 거라고 했다는데 딱 그 장면을 내가 큰 소리로 읽
었다. 그러나 공책에 먼저 베낀 것은 바로 이 첫 장면이다. 소설가
특유의 분위기도 좋지만, "우리 집은 온수도 나옵니다", 딸애의 여
유 있는 능청이 좋았고 친구가 이사 와서 시작한 소설의 처음이 흐
뭇했다.

　수업 시간에 교실 창가에 서면 공산성이 보인다. 애들아, 저기 산
성 아래 소설 쓰는 친구와 평론가가 산단다. 제재소 옆에는 『한번은

한문 공부』(부키, 2018)라는 책을 쓴 친구가 살지. 와아! 이렇게 가까운 곳에 소설가도 살고 평론가도 사신다고요? 책 쓰는 작가 선생님도 사시고요? 감탄하는 아이들이 쓴 시 원고 뭉치를 들고 공산성에 간다. 평론가 친구는 원고를 꼼꼼하게 읽고 한 명도 빠짐없이 아이들의 이름을 거론하며 따뜻한 평을 달아준다. 평론가의 격려가 실린 시집을 받아 든 어린 시인들의 상기되는 얼굴. 그 예쁜 얼굴들. 나는 이런 이야기를 모은다.

처음 공주에 이사 올 때 나도 가장 싼 집을 찾아다녔다. 밤이 오면 금강 건너 공산성을 빙 둘러 밝힌 불빛이 보이는 집을 얻었다. 공산성은 나를 위로했다. 저기 착한 사람들이 살 거야. 날이 밝으면 메기수염을 한 늙은이가 청배를 팔러 올 거야. 백석의 시를 불러와 쓸쓸한 외풍을 막는 바람막이로 삼았다. 작년에 친구들이 이사 왔을 때 이런 마음을 먹었다. 친구들의 긴긴밤에 반딧불 신호를 보내리라. 나도 여기 있다고. 그러나 생각만 멋지고 날마다 빚이다. 배부른 빚.

이주야, 뭐 하니?

응. 그냥 있다, 어서 온나.

상추 많이 컸니?

쑥갓도 컸다, 삼겹살 구워 밥 먹자.

한동안 만나지 못한 제재소 옆 친구도 왔다. 더 좋은 걸 주고 싶은데, 하면서 클래식과 재즈 시디를 세 장이나 주었다. 어머, 어머. 시디는 연애할 때 주는 거 아니야? 소설가가 자기 남편한테 아무 말이나 한다. 그렇지. 더 연애 같은 거는 테이프에 녹음해서 주는 거야. 평론가 남편도 아무렇게나 대답한다. 너, 친구 남편도 네 남편처럼 챙기겠다고 하지 않았니? 그동안 굶긴 거야? 얼굴이 까칠하잖아. 제재소 옆 친구는 상추만큼 푸짐한 친구들의 말 잔치 속에서 늘 그렇듯 아무렇지도 않은 얼굴로 빙긋 웃고 만다. 이야기가 텃밭으로 날아간다. 집 옆에 있는 밭 주인아저씨가 상추나 심어 먹으라고 텃밭을 조금 내주셨다. 갑자기 땅이 생겨서 신이 난 친구들은 손바닥만한 땅에 별별 것을 다 심었다.

근데 호박 넝쿨이 자꾸 금을 밟고 아저씨네 밭으로 넘어가고 있어 아저씨한테 혼날까 봐 떨고 있단다.

조촐하고 가벼운 오늘 하루가 아름다워서 쓴다. 햇빛을 머금은 광목같이 나의 근본도 순(順)하고 박(樸)하다는 것을 잊지 않으려고 쓴다.